蔡澜作品自选集 卷七

蔡澜 著

陶情濃夢

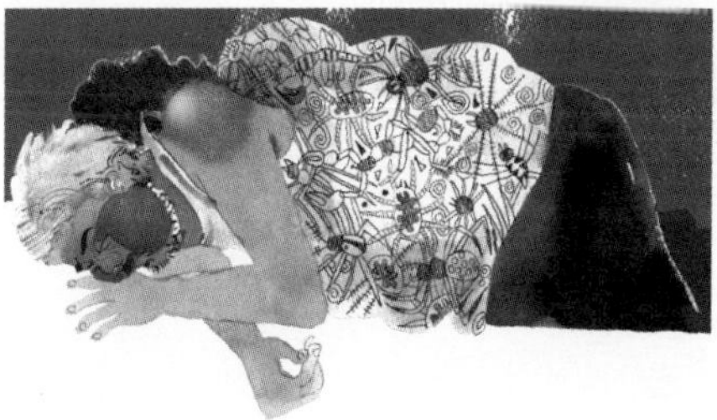

生活·讀書·新知 三联书店

图书在版编目（CIP）数据

陶情浓梦 / 蔡澜著. —北京：生活 · 读书 · 新知三联书店，2013.10
ISBN 978-7-108-04703-8

Ⅰ. ①陶… Ⅱ. ①蔡… Ⅲ. ①随笔－作品集－中国－当代 Ⅳ. ①I267.1

中国版本图书馆CIP数据核字(2013)第189207号

责任编辑 唐明星
装帧设计 蔡立国
责任印制 徐 方
出版发行 生活 · 讀書 · 新知 三联书店
（北京市东城区美术馆东街22号 100010）
网 址 www.sdxjpc.com
经 销 新华书店
印 刷 北京隆昌伟业印刷有限公司
版 次 2013年10月北京第1版
2013年10月北京第1次印刷
开 本 880毫米×1230毫米 1/32 印张 7.125
字 数 132千字 图16幅
印 数 00,001–10,000册
定 价 29.00元
（印装查询 010–64002715 邮购查询 010–84010542）

三联版总序

最初写作，是将过往的生活点滴记下，已是三十多年前的事。在报纸的专栏写了一些，终于足够聚集成书。倪匡兄说："也好，当成一张名片送人，能写出一本，已算好的了。"

每天写，不断地努力，不知不觉间，书也出版了两百多本。如今看来，其中有些文字已过时，有些我自己不满意，也被编入书中。

认识了汕头三联书店的李春淮兄，他建议由三联出版我的全集。我认为与其出版全集，不如出版自选集，文章是好是坏，自己清楚。

与北京三联书店的郑勇兄谈妥，以《蔡澜作品自选集》为题，计划每辑四册，总共出七辑二十八册，收录这三十多年来的文章。略觉不佳的，狠心删掉；剩下来的，都是自己觉得还过得去，和大家分享。

此事由李春淮兄大力促成，书面市时，汕头的三联书店已经因购书者稀少而关闭。特此以这集书，献给他。

蔡澜

2012 年 11 月 22 日

目 录

三联版总序

横滨中华街 1
乐土 5
青城之旅 9
东方西西里 13
塔斯马尼亚 17
澳洲印象 21
正当过瘾的生意 25
过气富市 29
悼太苑阁 33
Thorn Park Country House 37
童心 41
东京大雪记 45
Tokyu Hands 49
花之博览会 53

纳西古乐人　57
丹麦曾志伟　61
啊！普罗旺斯　65
第一号夜鬼　69
节日　71
不能接受　72
嬉皮士的坟墓　73
去玛玉嘉吧　76
暴露　78
住　80
住下　82
礼物　84
西班牙 ABC　86
印象　89
温暖　91
宝藏　93
启程　95
途中　97
主义　99
花啦　100
溪畔小屋　102
南水　104

南女　106
南木　108
习惯　109
教堂·天堂　111
互摸　112
宠坏　114
不回家　116
小贩　118
寂寞　120
请庙来　122
开镜　124
也好　125
看病　127
银行　128
三年　129
治蠢秘方　131
了解　132
逃掉　134
苦恋　136
芝士　138
无邪　140
小　142

植物公园　144
花　146
色调　148
盆栽　150
的士　152
烟灰盅　154
国家画廊　156
女人　158
赌场　160
离婚费　162
Vegemite　164
滴水　166
大倾销　168
向日葵　170
电车　172
女警　174
铅弹工厂　176
羊脂液　178
玩具博物馆　180
办事　182
悠闲　184
牺牲　186

女强人　188
忠心　190
塔斯马尼亚　192
缘起　194
活镇　196
火车站　198
洞　200
狼　202
云柱　204
小镇医生　206
庸　208
雷诺士酒厂　210
靠海　212
数字　214
离别　216
一秒钟前　218

横滨中华街

东京并没有唐人街，中国人一早在横滨港口上陆，便在那里发展，不到东京去也。

横滨的唐人街叫“中华街”，占有数条商业街道，当然开的多是餐馆，现在已成为观光地。星期天把路封起来，称之为“步行者天国”，方便各地来的游客在此吃饭和购物。

各餐厅多用金字招牌，没正式数过，一共有六百多家吧。最大的，也开得最多间的是“聘珍楼”，它赚个满钵，还倒流到香港弄两三间分店。

并非每一家人都有生意，冷清的居多，间中有家在店外排了长龙。来者好热闹，以为有长龙必好吃，队伍越排越长。

最多人爱去的“海员阁”，它开在一条叫香港路中，至于是不是广东菜，则不得而知。横滨的菜馆，都是把中国各地的菜混在一起，已不分东西南北了。

另一家要排长龙才有位坐的是“谢甜记”，它卖粥，也有肠粉、虾饺、烧卖等点心出售。

日本人是不吃白粥的，他们认为要生病才吃粥，但在粥里加料的食物，已渐渐受欢迎。此店的粥卖得并不便宜，一碗要百多块港币。

虾饺的皮永远不像香港那样，做得透明；虾也采用冷冻的，故不鲜。

烧卖则在肉团中下大量的薯粉，吃不惯时觉得难以下咽，太难吃！但是，试过之后、久不吃，有时也会想念，可以说是难吃到好吃来。这句话给人听了当笑话，但的确如此。日本的所谓中华料理已经日本化，变成独特的，外地吃不到那么又难吃又好吃的东西。

住过日本的人就知道我讲的是什么。在香港落籍的摄影师西本正先生有一次在机场等飞机返港，公司有些东西急着要托他带回来，派人赶到机场找他，但是地方那么大，到哪里去找？我说去那间“中华料理”，一定找得到，但是公司的人反问：“人家已经快回香港了，还吃什么鸟中国菜？”我说就是他知道返港后天天要吃正宗的东西，所以临走前还是吃一顿日本化的中华料理才过瘾，果然不错，在中国餐厅找到他。

有一阵子，大家都说横滨的“中华街”水准低落，很多东京人都不屑光顾，但它们不只是做东京人生意，不愁没有北海道或九州来的土佬。

除大餐厅之外，有些小档子可以吃到烧饼油条豆浆，也有烧腊店卖叉烧和卤猪脚。更有一家专卖大包子的，写着有“鱼翅包”，买了一个试试，肉馅内只看见猪肉，没有鱼翅。但也卖五百元，合三十多块港币一个。

中华街的中央，有一间“关帝庙”，面积并不很大，但是照样有牌坊楼阁，建筑精美。中国人很少去朝拜，做的多数是游客生意，要他们添油。

其中也有间药铺，摆满海藻减肥肥皂、一〇一生发水等。虽然并不一定有效，游客照买回去当手信。万金油是最有信用也是最多人买的。

杂货档中应有尽有，韭菜花、塔窝菜、芥蓝、菜心等，通菜则要到夏天才卖。

茶叶店中种类也极多，我走进去一看，竟然有“暴暴茶”，是假冒的。本来可以告他们，但是想起英国人说过：“被人模仿是最大的恭维。”也就算了。

另一家厨房用具店中出售蒸笼、大铁镬等等，在日本做中国菜，工具已不必输入了。

有一间卖中国书籍、录影带和卡式带的店，说是中国文化情报中心，但是门外挂了一块小牌，说已经结束营业，看店名，叫“黄书店”。应该是名字取坏了，生意才做不成吧。

最惹我注意的，是街口上的两个人。

一个长着又长又白的胡子的大汉，年纪已有七八十岁吧，他坐在小凳上看报纸，身后竖着一块木板，写着“扑克牌占卜，请不用出声，拿出一张牌，便可以准确地算出阁下的恋爱、结婚、健康、钱运、家庭运、事业运以及推测生儿子或生女儿。十八岁以下每人五百元，成人收一千元”，署名是“横滨中华街仙人”。

另一个老头一看就是维吾尔族面孔，他卖着各种泡菜，招牌写着：“电视台也介绍过！”

我跑到算命老头摊位，付了钱，说我不要占了，只想花他的时间，和他谈谈。日本话说过，我用普通话和广东话问他，但是他听不懂。

同样用华语和卖泡菜的老头交谈，他也摇头。

发现两个老头讲话时都一齐讲，他们向我说：“我们从小到老，都在这里，当然是用日语啰，中华街的人，没有一个不说日语的。”

“但是纽约的唐人街，不说英语的人还是很多。”我说。

“日本法律很严，”占卜老头说：“不能容许有非法移民。”

“那你们原先到底是中国人还是日本人？”我追问。

他们又同时回答：“中国人、日本人都是人，我们已搞不清楚，也不想搞清楚。能够在这里安安稳稳地，有一天过一天，不靠别人，已经是很幸福的人。”

乐土

来到澳洲前后已经三个月，可以暂时做一个小小的结论，我会再留下一段时间，到时有另一番印象的话，再作修正。

我的所谓的澳洲，是指维多利亚省的墨尔本罢了，并不代表华人居多的珀斯、阿德莱德和悉尼。

墨尔本是个文化都市。和悉尼比较，有如东京和京都。澳洲人自己也说：墨尔本人是由英国有闲阶级移民过去的。而悉尼，却是被追逐的监犯造成的社会。这当然没有什么根据，墨尔本不喜欢悉尼人，像洛杉矶人讨厌纽约人一样，拼命说纽约人的坏话。

澳洲地广人稀，那么大的领土只有两千多万人。管理起来，较为容易。而它又分很多省份，虽由中央控制，但各自为政。维多利亚这个省份，给一个自由而开放的领袖管理得不错。以前的工党弄出许多不合理的工会条例，如星期天百货公司不准开门，平日商店都要朝九晚五等，人家开工你开工，人家收工你收工，哪还有时间去买东西？这些幼稚和无聊的条例，被维多利亚的自由党一一攻破，成为一个繁荣的社会。

维多利亚和其他省份一样，人民并没有太多的现金，他们一赚到钱，先供一间小屋，再是一辆 Holden 澳洲汽车，袋子里已所剩无几。人们只在星期五和星期六晚上有钱去玩玩。礼拜和其他周日，多数在家里吃吃，或叫外卖，生活简单地过着。

联合国几年前选出世界十大好住的城市，墨尔本占首席。做人，基本上，是吃饱和得到医疗服务，生老病死之中，生和死是必然的，但老和病避免不了，这两样，墨尔本的政府都顾及到了。

举个例子，一位移民到墨尔本的大陆友人，三十多岁，已经开始秃头，在周围人的鼓励之下，他跑去看医生，医生好好地为他诊断，并细心地告诉他应该怎么处理。这位友人说：“我要是住别的地方，为了秃头这种不是病的小病去看医生，一定被赶出来。”

“是的，这点比大陆好，比什么地方都好。”我说。

“不不不。”他拼命地摇头：“我虽然相信大陆会更自由开放。但是，请别忘记，我们中国人有一个很强的劣根性，非常记小仇，一有不对，在心中一定说：哼哼，总有一天，给你颜色看！这一种心理上的阴影，在澳洲就不存在，这才是他们可爱的地方。”

至于吃，真是便宜得不能再便宜，一条羊腿五块澳币，合二十块港币，可吃好几天。一大条牛舌头，才不到十块港币，也能吃好几天。一百万港币一间屋，到处都可以找到。

面包、酒的价钱更是微不足道，在澳洲，要饿死或冻死一个人，不是容易的事。

回说到病，许多国家中也有医疗社会保险，但私家病院林立，好像不是政府医生才是好医生。人们一有钱，就不去公众医务所。这也难怪，一排队就要等上一两个钟头，总有一种被侮辱的感觉。

澳洲没有这种现象，有钱人没钱人照样看医生，公家也好，私人也好。有了保险，都是像缴交手续费那么便宜，而且约好时间，也不用久等。墨尔本人对大陆的移民，歧视并不表面化。至少，在我住这里的一段时间内，所遇到的墨尔本人都相当亲切，对我绝无任何不敬之处，还时常做些闲谈（Small talk），人与人之间的关系，很舒服。

天气方面，一天有四季，早上像冬天，中午如夏，傍晚如春，晚上是秋天。墨尔本不下雪，只是初冬的雨季，下个不停，令人懊恼。

墨尔本和温哥华一样很闷，要是好好地发掘，尚有很多好去处，像天气热时，到动物园去，晚上有爵士乐队表演，跟着老虎的猛吼，做即兴的演奏；集会的名字也取得好，叫“和野兽一起奏爵士”（Jazz with The Beast）。

我们从前认为开明的社会，墨尔本努力地在实现。赌场是合法经营的，卖股票，大家可以做老板。妓院是公开的，有一家叫“Daily Planet”，看招牌，还以为是报馆呢。

至于每个大都市都共有的毒品问题，墨尔本政府最近大胆地提出大麻合法化，把抓大麻浪费的公款，用在严厉对付海洛因等硬性毒品。政府让人民辩论这个提案，看样子，反对声音虽有，但今年不通过，明年也会通过。

像这种社会现象，卫道者大骂：“这是什么世界？政府包赌、包娼、包毒？”

但英女王御准的赌马不是包赌吗？妓院公开，可以定期检查，减少艾滋病的蔓延。正视毒品问题，不当它不存在，是不是好过明明知道在发生，但假装看不见呢？

社会并没有因为有赌场、有妓院、有毒品而混乱，晚上去街上散步，还是一个很安全的地方，这是因为政府都没有低估人民的智慧而塑成的国土。我们知道有赌有娼有毒，但不去碰，这就是民主和自由的开始了。我很羡慕墨尔本人有此种权利。但我是一个爱热闹的人。这里，到底是一个适合新婚的，或是给在临死的人（For the newly wedded or the nearly dead）住的地方，我暂时还没打算移民。

青城之旅

从成都出发，离市中心才六十八公里，但要一个多小时的车程，才抵达青城山。

这个儿时看武侠小说的背景，是我渴望一游之地，今天总算达到目的。

果然在山下就能看到穿着蓝袍的道姑，头上结了个髻，在游客中穿梭。

心中一乐，但很快地就被一群小孩捣乱。

“买一个嘛。”“买一个嘛。”永远是同一句对白，重复又重复，孩子们拿了树叶编成的蟋蟀走上前来。

友人掏出零钱，向女孩说：“拿去，东西不要了。”

我刚想阻止，已来不及。这群“鬼魂”已从四面八方涌出，钱要了再要，没完没了。

“不如坐缆车上去吧。”我建议。

“乘轿好。”不知几时，出现了一群轿夫：“到建福窟，六十块。”

看地图，建福窟只在山下一角，爬上去也用不了几分钟，我们开始步行，但小鬼们和轿夫一路跟来，后者一路走，一路减价：“五十块嘛。”“四十块嘛。”

友人忍不住，接受我的建议，买车票乘架空的缆车上去。这架机器非常原始，像小时候在游乐场乘的鬼车，利用齿轮，咔咔声地向上爬。

原来车程很短，两三分钟就要我们下车。

“买一个嘛。”“买一个嘛。”小孩子们已跑到车站旁边等，还有那群轿夫，已经在说：“减到三十块，不能再减了。”

“试试坐轿子的滋味也好。”友人说。

原则上我反对被人抬的，但大伙兴致勃勃，也拗不过，我们一行六人，雇了六架。

轿上的构造简单，两枝竹杠，中间一块竹片编的座位，轿夫们把它拉高，让我钻进两竹之间，坐入。

后面吱吱喳喳的争吵声，几个轿夫议论个不停，我们之中，有个胖子，大家都不肯抬他。

胖子友人难为情，向轿夫们说：“这样吧。雇五辆好了，我走路。”“不行，不行。”轿夫说：“我们走得快，你跟不上的。”

牺牲自我走路也不行，胖子更加尴尬。

正不知怎么办的时候，轿夫们指着一个矮小的老者：“老王，你抬。”

老王点头，说：“嗡。”

这个“嗡”字发起音来像把“蛾”字和“甕”字混在一声，四川人以之代替“是”。

胖子友人的轿走在我前面，我看到老王的肩膀，长年来的抬轿生涯，已驼了个背，比一般人厚出许多，像长出一个凹了进去的槽，让轿木镶入。

一路上山，旁的轿夫已满头大汗，只有老王若无其事地往上走。

“‘文革’时大家辛苦了吧？”友人找话题。

“‘文革’前抬，‘文革’时抬，‘文革’后抬。”轿夫叹气：“老王，你说是不是？”

“嗡。”老王回答。

那个嗡声拖得长长的，像山谷中的回音。

“干这行多久了？”友人又问。

“记不得了。”轿夫说：“老王，你呢？抬了三十年了吧？”

“嗡。”老王回答。

摇摇晃晃之中，似乎看到造物者之玩弄，安排老工生山中，劳力是唯一的求生工具，折磨得他不像一个人，和浏览爬山车一样，是一副机器。

“买瓶水嘛。”“买瓶水嘛。”半路上的小摊子中，冲出一个少妇，兜售透明塑胶瓶的蒸馏水。

"刚喝过。"友人拒绝。

"不是你们喝的。"少妇说:"是请轿夫喝的,他们辛苦了,一瓶才四块。"

"买吧。"我说。

建福窟已抵达,我们下轿,四周围的深山,感到强烈的灵气。

轿夫们又争吵起来,这次是向少妇要回蒸馏水的钱,他们自己是舍不得喝的,退还给她,少妇只肯给他们四分之一的一块钱,轿夫想要两块。

我忍不住地向她呵斥:"给。不给不买了。"

少妇悻然付钱。

"这位先生真是好人。"轿夫说。

"嗡。"老王在一旁赞同。

"唉,人老了,想不到火气还那么大。"我自言自语地。

"您哪儿算老?"轿夫观察:"最少也比老王年轻得多。老王今年四十了。"

老王望着我。

我大过他十岁,但学老王语气,点着头,回答一声:"嗡。"

东方西西里

台湾此行，碰上惊天大血案。桃园县县长的官邸中，九个人一齐被枪杀。

案发经过是这样的：一九九六年十一月，清晨六时三十分，菲佣去拿报纸，见警卫室黑着。七时十五分，县长夫人醒来，问昨晚狗为什么吠得那么凶？警卫刘明吉回答有“朋友”来找。七时三十分，机要秘书徐春园来到，依推测，两名杀手已经把穿着内衣裤的街警以蓝保刀制伏（他的颈项上有锯刀齿痕）。七时五十五分，管家刘如梅前往查看警卫室的争吵声，即失踪，八时整，县长司机开车进入官邸，亦被押往，蒙上眼嘴，同时，卫生局技士张桃妹和彭玉英进入，亦被绑。八时零五分，县长刘邦友穿好衣服下楼，即被押。八时十分，议员庄顺兴、邓文昌二人抵达，入门被押。八时十五分，接班警卫刘邦亮抵达，由于他是死者中唯一背部中枪，推测他进门发现情形不对欲转身逃走，歹徒先向他射击，倒地后再朝头部补一枪，接着即不顾一切地展开滥杀，死者多是后头部被子弹射入，面颊穿出的。

当然，杀手的目标主要是县长刘邦友，而他与议员邓文昌往来十分密切，是来自上一代交情，刘邦友和邓文昌的父亲邓天来为八拜之交。邓天来来头不小，是黑帮大哥大，二十年前由南部将势力迁移到桃园，一天天扩张，声望如日中天。和刘邦友结拜后，今天过四十岁以上的黑道大哥，几乎都和刘邦友攀上关系。

刘邦友是从基层开始干起，平步青云，做到省议员，再做县长，为期七年。他的过人之处是博闻强记，处事条理分明，几乎是来自天赋。

所有前来抗议游行的群众，他一看到，即刻知道是怎么一回事，因为他记得各种事件的发生和背景，马上道出来者住的是几号门牌。农业协会的风波中，协调会里，刘邦友一口气将数十个农会代表的名字一一道来。寒暄中，他还会谈到何时两人吃过饭，喝过酒，讲过些什么友好的话，事件即被平息。

管理基层手下，他一人交一种事去办，大家互相不知道对方的秘密。有人试图用酒色赌来掏刘邦友的心，因他有十二指肠溃疡的宿疾，不好酒，但有朋友在场，他大杯喝酒，大块吃肉，完全不管死活。酒到七八分，他一定不喝下去。酒宴中，少谈心事，多讲政纲。

色方面，他不嫖，也无二奶，但朋友和手下要荒唐，他从不过问，几乎天天过着五光十色的夜生活还能洁身自保，常自嘲为稀有动物。

赌。麻将、牌九、梭哈样样不懂，只会掷骰子，那是台湾本省人过年时必玩的好意头游戏。但他逢赌必赢，把其他对手输得面如土色。

骂人时，从不带脏字，语气却十分严厉，许多议员看他一生气就发抖。高兴起来，有求必应。

这么一个厉害人物，为什么要杀他呢？

载我的计程车司机说：“刘邦友手段高明，所买的土地很便宜，引来大型建设，再卖出，中间的牟利根本没有办法估计，他的致命伤有三点：一、人家出四十五亿建的焚化炉，他把地点一转，让人亏本，自己赚钱。二、中央政府要建的大型购物中心，叫人投资了九十多亿，他不批准，拖了又拖。三、起先让人违章建筑的中东路，等于是东京的银座，他后来又要拆除，这是黑白两道聚集的投资，他用铁腕政策又限水又禁电，人人都要杀他！”

“那么凶手是替天行道啰？”我问。

“当然。”司机说：“简直是英雄！”

英雄？我心中想：绝对不是。

英雄要杀人，手执双枪，直奔目标，杀他一个。也许，见到手下来阻挡，补上一两枪不出奇，哪里有把人绑了起来，还蒙住人家的眼睛，怕与之接触，才敢出手？与其说是杀，应该是屠，像芝加哥黑帮的狗熊行为。

而且，连无辜的女人也一块绑着杀，更像懦夫。

台湾扫黑帮，一清、二清、三清，都清不了。黑势力范围已浸透政坛。屏东县的县议长郑太吉公然率人前往商人钟涌峰的家，将人枪杀。连十大杰出青年的县长和屏东市市长，也因贪污而关了进去，屏东县变为无政府状态。

副总统兼行政院长连战的夫人透露，接获署名给她两个女儿的恐吓信，怕得要命，台北市市长阿扁，说他的家庭就是在威胁、暴力的阴影下活了数十年，太太吴淑珍也是受害者。

桃园距离首都台北只是半小时车程，一百多万居民，官方估计黑社会有五千人以上。四海帮大宝的葬礼，竹联帮出动了八千名“竹叶青”到场拜祭。其中来自桃园的最多。桃园有山有水，但观光局推选的最受欢迎地区，偏偏漏了桃园。而懂得门路的玩家，都知道要找好妞，便要到桃园去。

桃园事件发生后，新竹市议员王明魁公开建议要政府发配枪支给市长、发防弹背心给议员。工商研会理事赖正镒指出，如有五支以色列乌兹机关枪，生活会更有保障。这并非笑话，是千真万确的发言。

最讽刺的一件事是，法务部长廖正豪在事发后说：“不容许台湾西西里化！”被意大利驻台代表严重抗议，廖部长即刻道歉。驻台代表慷慨激昂地：“意大利不过只有法官被杀，并无行政首长给人家打死的案例。”

言下之意，西西里治安，比台湾好。

塔斯马尼亚

老远地来到墨尔本，而不去塔斯马尼亚（Tasmana），是一个大损失。

要去之前先将行程打听清楚，在墨尔本最繁华的哥林士街上，有座大建筑物，是塔斯马尼亚旅游协会，资料应有尽有。

因为前一阵子有疯子屠杀人群事件，加上现在严寒，没什么人肯去塔斯马尼亚玩，减价机票来回不到两百块澳币，合一千港币左右。

由墨尔本去，只要五十分钟，但是买机票时，要认清塔斯马尼亚有两个机场，南部的霍巴特（Hobarl）和北部的朗塞斯顿（Launceston）。塔斯马尼亚虽是一个小岛，但比香港大得多，一头一尾，三个小时的车程。

游该岛，最好先抵达霍巴特，要是想较有情调，可乘船去，豪华舱双人二百二十五块，一般位只要九十九块两个人，每人合三百港币。晚六时出发，晨八点半抵达。

上岸后，便会发现很多租车公司在互相割喉，大机构三十五块租辆车，小公司减至二十，合港币一百二十元。再不然，租架带卧室厨房及洗手间的，八十五块大洋，连酒店钱也省下。不租车，乘的士也方便，这里的的士，是全国最有礼貌的，司机会下车替乘客开门，为塔斯马尼亚的特色。

经济能力充足的话，到了霍巴特，有最豪华的 Grand Chancellor，或设有赌场的 Wrectpoint，但嫌酒店太新，太美国化，最好还是选高格调的 Lenna of Hobart，可指定一间望码头风景的房间，室内布置优美，有让人横卧的西洋式贵妃椅。浴室瓷砖下，布满发热线，脚踏上去，温暖舒服，实为一大享受。

下榻后往外走，霍巴特从前是个捕鲸鱼的港口，一排排从前贮藏鲸鱼的货仓，现在改为工艺品店和餐厅，其中有家出名的牛排店叫“Ball & Chain”，用当地牛烤，新鲜得流出甜汁。但来了这里，当然是吃海鲜，到“醉海帅”（Drunken Admiral）去吧，里面布置皆与航海有关。菜谱也是，叫一客“海盗复仇”（Buccaneers Revenge）或“沉船海礁”（Shipnreck Reef），风味独特，别处吃不到。

还有一家叫“味觉”（Mikaku）的，是全澳洲最早的一间日本餐厅，现在由一个来自南京的青年经营。大陆人在澳洲落地生根，很多赚了几年钱，便开中餐餐馆，想不到来到这个小岛，也遇到一个搞东洋菜的。

第二天，便可到附近的 Bonorong Part 野生动物中心看“塔斯马尼亚魔鬼”，这是一只头很大，身很小的猫状动物，柔顺起来非常可爱，发起怒来极凶猛，只生长在这岛上，除了这只怪物之外，还有“塔斯马尼亚老虎”，据说它的嗅觉为天下最厉害的，一天之前，已闻到人类接近的味道，即刻逃跑，所以至今还没人看过它是怎么的一个样子，大概是像龙一样的传说吧。

这里最出名的啤酒叫“Cascade”，旅客只要付七块钱，便可有个两小时的全厂游览，了解啤酒如何制造，并请你喝三大杯，醉醺醺地走出来。

离霍巴特四十五分钟，可来到鳟鱼博物馆，陈设着各种钓鱼的工具，顺道到三文鱼池，耐心地坐在池旁数小时，钓不到不要紧，风景美得迷人。

经菲尔山，一路苍苍巨木，北上到史特威（Strahan），乘游艇，看周围的雨带原始森林，有些 Huon 松树，树龄已达二千多年以上，比耶稣还老。

朗塞斯顿是北方要镇，在这里可租一家住家式的小酒店，晚上用松木生火，躺在火炉旁开香槟，吃在市场上买回来的生蚝，粒粒肥大，一吃三四打，面不改色。

离市中心不远，有个叫 St. Matthias 的葡萄园，现在树已枯，但有些木场晒的葡萄干，一串串地，如紫色的珍珠，完全不加人工的色素和糖分，吃起来特别有味道，再加上陈年佳酿，又是醉醺醺的半日闲。

在朗塞斯顿的最大享受是它的 Aquarius 罗马浴室，池子有奥运会游泳池那么大，分特热、微热、温和、冰冷的几个小池子，另有80℃高温的三温暖，再来个泥浆或海藻浴后，妙龄女郎前来全身按摩。以为年轻没技术，但胜在出手重，还是满意。

归途为赶时间，乘四人座的小飞机，一路看下来，塔斯马尼亚有九成以上的地方，是没开发的荒野和森林。

忽然，机器故障，逼得未到霍巴特就在 Claremont 找空地降落。虚惊一场，一定要得回补偿，去附近的“吉伯利朱古力厂”参观，吃得满嘴乌黑，几包纸巾都不够用。

回到霍巴特，又散步至码头。宁静、无风、阳光、小艇、大船，美丽是当然的，但最特别的是闻不到海水的腥味。码头边有卖海鲜的趸船，又叫了两打生蚝，一条比目鱼，请厨子炸至焦，鱼肚中的春才好吃。春很多，占全条鱼的三分之一。又叫了个海龙王汤和咖喱海鲜饭，吃得饱饱才上路。

餐厅老板来自悉尼，他说：“悉尼节奏太快，搬到小岛上，屋子和食物都便宜，生活好过。你呢？想不想来这里定居？”

我懒洋洋地说：“香港节奏太快，搬到大岛，屋子和食物都便宜，生活好过。有一天，也许会住悉尼。”

澳洲印象

在澳洲住了整整半年，过几天就要回香港，应该对这个国家有点认识，而可以下一个结论。

前三个月，我认为这地方闷到只给新婚夫妇或濒临死亡的人住罢了（For the newly wedded or the nearly dead），但现在，却有点不同的观点，我的确有点喜欢上她。

首先，她是一个相当与世隔绝的地方，在地球的下面，一个非常巨大的岛屿。人民不大出国，世界观相当的落后。和小岛一样，大家都有岛民心态，自以为了不起，但从见惯世面的人看起来，是闭塞的。

一般人的思想单纯，容易满足。有些人说他们是天生的愚蠢（Stupid by nature），但这是尖酸刻薄的批评，我从另外一个角度观察，觉得他们可爱。

美国的黑人、欧洲的吉卜赛人，皆是盗窃猖狂；在澳洲，东西随便一放，不会不见。也许今后有所改变，但是至少现在我感到的，没有太多坏事出现。

深夜在街上走，还是安全，治安像东京和新加坡那么好，已是天下都市少见的例子。

警察很少见，更没什么便衣，人民自律，火车站不查票，但违法被发现后，罚款是相当严重的。大家可以公开批评政府，说什么话都自由，讲完不必回头看有什么人在监视。这颗定心丸，大得厉害。

秋后算账这一回事在这里不会发生，政府的要务是将经济搞好，别的懒得理你。

通过一条新法律，也得在国会辩论个半天，像禁止枪械法，反对的人众多，而且威胁政府说要是全面禁止的话，他们会私底下买卖军火，但政府也没把他们一个个抓起来。

看电视新闻，一半是当地发生的：如撞车、山林大火、救救树熊等；另一半是体育，他们对运动的重视，前无古人。世界上发生的大事，甚少报道。政府已知道当今世界，一旦隔绝，对经济没什么好处，已是尽量地鼓励人民多吸收外界经验，助长生产，没人去理会。

本身的资源相当丰富，单单是新南威尔斯省的煤，烧几个世纪也烧不完，石油更是便宜。农产品是他们的专长，价贱得很。

澳洲人平均起来，没有多余钱花，但拥有产业的比率，世界最高，只要勤俭，买个小屋、买辆韩国车，是不成问题的。

和许多海外侨民一样，中国人在这里开餐厅的不少，先是做做大厨，储蓄了点钱，走远一点到乡下开个馆子，便做起老板，买屋买车，安稳地过他一生。子女读完大学，要做什么都行，澳洲人认为中国人聪明吃苦耐劳，大机构中吸收这些人才，只有好处。

一九九六年中，澳洲政府发布大新闻，那就是香港人只要有了一张澳洲的长期签证，一九九七年之后，如果受到政治影响，即可移民到这里。

这颗定心丸更巨大，香港人拼命去拿一张外国护照，也不过是想买个保险，万一有什么三长两短，可以走人。但这本护照的代价不轻，现在澳洲政府给香港人的机会，比移民到任何地方都方便轻松。要是大家还有忧虑，可以考虑他们邀请，先领张长期游客签证来这里玩玩，适应的话，再说也不迟。

澳洲人做生意的触觉并不灵敏，商店橱窗不吸引顾客购买。标价和商品，家家一样，以香港人的勤力和应变，不必开餐厅，也可以想出许多行业去做。

在澳洲，上馆子吃饭，付账时总觉得比香港便宜，要是自己煮，更可省下不少。她的税率虽然很高，我总认为缴税这件事，有赚才有得付，公平得很。

全国人民集中在悉尼、墨尔本、布里斯班、爱德黎和珀斯这几个沿海的城市中，中间一大块地很少人住。悉尼的高楼大厦，住惯香港的人不觉稀奇，我们向往较为安静朴实的生活，墨尔本是个理想的环境，房地产比悉尼便宜一半，有个一百五十万港币，就能买间小房子，而且只要先付一成，其他的分几十年缴。

澳洲在近年来已经拼命争取国际上的地位，像主办下届奥运会等，她将来的经济起飞，不是“小龙”，她是一只沉睡初醒的“大恐龙”。

也是因为起步得慢，又加上没有巨大的历史包袱，政府能做到文明开放的地步。她提倡通过大麻以减少毒品贩卖，令世人惊讶。每户人可以种五棵自给，大家当然培养最佳品种，今后将有最优质的大麻出现。赌场公开，妓院合法，我们并非因它们存在就要去尝试，我们最珍惜的是包娼包赌背后的自律精神，一个思想开放自由的国土。

人世间最野蛮的法律，莫过于连死也要管。澳洲国会在酝酿，要是患了绝症，人民有选择死亡的权利。医院中设有仪器，将一支针插进病人的血管，电脑画面出现文字，分析活下去的好处，要你三思而行。到最后，打出一个终止或进行的格子，我们只要按其中之一，就可以做自己的决定。

当这条法律通过的一天，也许是我决定在这里度过我的余生的一天。

Italy
Japan
Canton
India
Malaysia
Fried noodles of the world
KOREA
Singapore
BoBo's
Sharghai

Utopia Café
Utopia Café

MEMOIRS
GEISHA
MEMOIRS
GEISHA
MEMOIRS
GEISHA
MEMOIRS
GEISHA
MEMOIRS
GEISHA
MEMOIRS
GEISHA

café
L'OPTOMISTE
Paris

In loving Memories of Bayside
樂宮樓

正当过瘾的生意

我好像曾经讲过，一生的愿望之一，是开间妓院。

来到澳洲，我可以看到这个愿望有一线曙光。

当然幻想归幻想，现实里，我是不会做违法勾当，但在澳洲，开妓院是政府允许的。

任何人都可以合法地买一个经营妓院的牌照，只要按照交易次数报税，警察会来保护你那档东西，要是遇到有什么麻烦的话。

至于做妓院老板，名誉还是不见得太好，可是我这种百毒不侵的人，只要自己快活，管他人的娘。

整个墨尔本市，有七十多家妓院，供应三百多万人口，算一半是男人，也不够。而且，这是一门生理需要的生意，顾客不会忽然断绝的。

做得最出色是一家叫“Daily Planet”的，门面及招牌富丽堂皇，外国人的报纸都叫什么什么 Daily 的，不知道的人经过，还以为是一家报馆哩。

“Daily Planet”一年的缴税额显示，年收数百万澳币，是千千万万的港币。商人当然瞒税，不申报的还不知多少，所以政府并不反对它上市。这么一来，买它股票的大股东都要查账，可以缴多一点税，政府何乐不为？去年传说它要在澳洲和香港挂牌，后来不知什么原因，不了了之。

其他妓院生意没那么好，但亦不弱。为什么说我要开的话，是有可能的呢？因为澳洲政府最近通过一条法律，就是办赌场、酒吧和妓院的人，不能有犯罪记录。

这一来，七十五家妓院，三分之一的老板有前科，都迫着要把生意卖掉，目前有二十五家放盘，任君选择。

购买牌照要注意的是：有些地方当年申请，营业时间是早上九点到下午五点，简直是上、下班时间，生意再好，赚得也有限。

“Daily Planet”的营业时间是早上十点，到第二天的早晨七点，只休息三个钟头，轮班制，一天三班女人交替，做得不亦乐乎。

来我们这部电影拍戏，当特约演员之中，有一个人专做买卖妓院的介绍。他告诉我，小妓院只要二十五万澳币，即一百五十万港币就能买得到。很大的，三百万港币已是不得了的价钱，我心算一下，还是付得起的。

妓院和电影院一样，映好戏，客人当然多。妓院也要靠女人的质素，这不在话下。澳洲乡下女子讨厌耕田，都到城市来谋生，其中四肢发达、头脑简单的不少，又爱慕虚荣，有什么行业比做妓女的收入更多？

她们做这一行，也要报税的。申报表上，职业名称那一项，总不能乱报说是什么秘书。政府给这种女人一个正式的名词，叫“性工作者”（Sex Worker），清清楚楚，名正言顺。

收费是相当公道的，一般都以半小时计算，像“Daily Planet”那种地方，半小时六十块澳币，合三百六十港币，一小时则加倍。

上一部戏在澳洲拍摄时，有一名助理摄影师，大喊不贵，找上门去，他工作太累，和女人温柔之后，糊里糊涂睡去，到第二天，账单呈上，那么多的半个小时加在一起，是一笔大数目，吓得他以后不敢乱叫便宜。

怎么个分账法呢？也是很公平的五五，女人每半小时分一百八十港币，一天闲闲地做十个客人，得到一千八，这个数目在香港不算多，但在澳洲，银行经理也赚不了。

以此类推，一个女人妓院可分到一千八，大一点的妓院可以收五十个女人，老鸨每天可有九万港币的收入，扣掉三万的税和皮费吧，也可净赚六万，乘以三十，一个月一百八十万，袋袋平安。

澳洲人做生意死脑筋，这一档卖树熊的是二十块，隔壁一样也是二十块，走了十家，也是一样二十块。

做妓院的话，要是懂得简单的竞争道理，和女人不要五五分账。妓院收少一点，六四分，女人一看有着数，便涌了上来，从中挑选质素高的纳入。这一行都靠口碑，女子漂亮，客人排队。

要是我买下一家，就不做本地客生意，本地客多数寒酸，做游客的已够。

从前的同学和朋友，现在当旅行社老板的很多，香港、新加坡、马来西亚、泰国，甚至日本，我的关系大把，让旅行社组织“炮兵团”，一车车大游览巴士载来，大家玩个痛快，不伤大雅。东方人吃惯中国菜、日本鱼生，西餐没尝过的不少，可以满足他们的愿望。

至于卫生方面，澳洲的妓院做足功夫，货品每个星期都得检查，女子比客人还要怕死，没有保险套，她们绝对不做你的生意。

有一次，一个客人坚持不肯戴套，妓院主人赔笑着说，万一有什么三长两短，不能怪妓院，总之客人的要求是第一，既然客官不肯，也要做个担保才行，请写下姓名、地址和电话。嫖客看女人漂亮，急了，什么都答应。妓院主人请他稍等，拿了他的电话打给他老婆和女儿，叫她们把丈夫、父亲接回去。消息传开，之后人人戴套，平安大吉。

过气富市

到过曼谷的人，都知道有一条叫 Sukhumvit 的路，等于香港的弥敦道。

在这条路上建了一座木造的三层楼大厦，便是曼谷新名胜“过气富豪市场（Former Rich Market）”了。

还没抵达之前便能看到小贩们在街头麇集，这整个地方给这间市场带旺了。简直是女人街和男人路的混合，什么东西都有得卖。

大屋前面有一头泥塑的大象，白色，仰着鼻子，但却没有摆在旁边的那架小型飞机那么吸引人。

是的，飞机也卖。传说原价要港币一百三十七万的。前一阵子跌到八十六万，我们去的时候，已标价四万美金，合三十多万港币。但是，说什么也没人会买这架二手货，看来单薄得很嘛，引擎也不比跑车的复杂，你要吧。不过来这里采访的外国摄影队，第一件事当然是拍它了。当天，包括我们，已有七队各国的人马杀到。

怎么都好，的确是一个独特的地方。变成的市集，是非常非常成功的商业计划。

走进大屋，二手货还没见到，新产品的手表倒先陈列着。各类名牌，一律减五十个百分点，但是把泰铢换算一下港币，不算便宜。

原因是泰国的舶来品本身的税就高，加上香港的圣诞前大减价，综合起来，泰铢怎么贬值，还是要比香港贵。

名牌表档的后面是珠宝行，各种红宝绿宝珍珠钻石，我都不懂货也不知道市价。同行的有张坚庭和他的太太，大家都认识张太的父亲，是香港最大的钟表珠宝商之一，做女儿从小看惯，当然是专家，问她好了。

张太看了一轮。

“有什么可以捡的？”我问。

她摇摇头。

我们是看中珠宝柜里卖的两把古董毛瑟手枪，中国人叫为匣子炮的，乌黑地发着蓝光。我把弄着，爱不释手，要不是带不回香港，早就买下，当作和情敌决斗的武器，真是雅事。

大屋旁边是一座停车场，挤满了宾士、BMW之类的汽车，行点像九龙新世界酒店的二手车展销会。有几辆三四十年代的产品夹在其中，买来拍电影最妙。但这类的古董对东南亚潮湿最弱，要买的话欧洲大把，而且保养得相当完美，不会被空气腐蚀。

约好了一位名副其实的过气富豪做访问，他现在沦落到在这里卖三文治。看他人还没有出现，不如找地方先医肚子。

有一档人卖笋粿和韭菜粿，小巧得很，只有在香港见到的四分之一，泰国人工不值钱，可以仔细地去做。

连吞几个，再到对面的咖啡档去买东西喝，最喜欢泰国的红茶，味道和斯里兰卡的完全不一样，有点花香。小贩把茶倒进装着冰块的塑胶袋中，插一支吸管，再用胶圈绑好，绝不会漏出。真佩服小贩的手艺，泰国威士忌湄公加星哈苏打水，也是同样用塑胶袋包着的。

“人来了没有？”再次追问。

“就快了，我已打手提电话给他，他说就来了。”助手回答。

还用得起手提电话，经济情形不会太差吧。

“其实，他卖三文治，不过是求知名度罢了。”助手说：“这里每天都有传媒报道。人出了名，翻身的机会就大了。三文治，能卖多少钱？”

等待期间没事干，旁边有一档人卖T恤，衣架上有前泰国总理的人头照片，T恤挂在架上，上面写着“过气富豪”几个英文字，非常讽刺。就买了一件，算一算，二十六块港币。

卖T恤的人以前卖股票，是证券行的副总裁，被炒了出来。他身旁的招牌上贴着一张放大了的新闻报道，我请翻译读给我听，说此人从前驾宝马318i，现在欠卡数几万港币，变成要去驾的士，还常被警察抄牌。

“就快了，就快来了。”三文治助手又说。

不如访问这个卖T恤的好了，我叫翻译去交涉，但此君相当不友善，“什么出名的电视台没来过？CNN、BBC。”看了我们一眼：“你们是老几？”说到嘴边没有说出口的表情。

另外一个卖红酒的从前富豪就客气一点，我看他架上好酒并不多，传说中八二年拉图一支只卖两千六百港币，早就被识货的本地人抢光，哪还轮到你们。他说。

看他态度蛮诚恳，单刀直入地问他道：“做了穷人，性生活有没有改变？”

“从前有钱，用钱去买：现在出名，吸引了很多女人，反而免费。”他笑嘻嘻的。

卖三文治的终于赶到，迟到了一个半钟头，对不起也不说一声，还带二世祖的轻佻：“要问什么问好了！”

“不问了。”我说。

“为什么？”他用英语问。

我懒洋洋地：“你毫无时间观念，注定要破产。这个道理，谁都知道，问来干什么？”

悼太苑阁

伎生是一门很深奥的待客学问，韩国人独有的文化，与日本的艺伎异曲同工，有过之而无不及。

当然伎生和艺伎都是由中国传过去而演变成的艺术，但中国人保持文化的传统比不上这两个国家，在小说中青楼女子的招呼在我们这一代人没有机会尝试，伎生和艺伎的温柔倒有幸享受过。

这次到韩国，发现很多家出了名的大伎生馆，一间间地倒闭，剩下寥寥数间在都市的小巷中苟且生存，再过几年也许将会绝迹。

太苑阁建于山中，到了秋天充满银杏和枫叶，红黄交错，有如仙境。山水画中的幽谷里的大型建筑物都是青楼妓院。太苑阁像由画中跳了出来，它是高官贵族、书生诗人喜欢光顾的地方。曾经集中数百名全国来的美女。

年轻时来到此地，流连忘返。拿了莱卡相机，装上一个专拍人像的九十厘米镜头，拉了女子便拍照，任何一个都比电影明星更漂亮。

是饮酒作乐的最高境界，送酒的小菜一个客人有三十碟，两个六十，以此类推，没有一份是重复的，谁说韩国料理只有烧烤呢？

主菜如神仙炉，是一个饭碗一般小的火锅，中间有八种不同的鱼、肉和蔬菜组成，新鲜人参切片蘸蜜糖吃，金渍泡菜塞入大梨中腌制。先来一小碗松子磨成粉炖出来的粥，再喝解醉的汤打底，才让客人喝酒，每道菜的程序都有完美的设计。

伎生们穿了传统韩服走进来，长袖中的双手合起作揖，摆在额上，齐眉、嘴唇下各拜一下，再整个人跪地敬礼，才开始服务。

那么多的菜肴，客人只要用眼睛一瞄，她们即刻会意夹了馔摆在你口中。香港人低俗，称之为残废餐，是对韩国独有饮食艺术的污辱。

吃完了菜，伎生来敬酒，由小杯换到大杯，大杯换到汤碗。当晚，要是客人不喝醉，主人可以翻桌子大发脾气，绝对不结账。

伎生们由节奏缓慢的阿里郎歌起，接着连猫王和披头士曲子也拿来高歌，后来率性狂舞，大敲腰鼓。把身体转了又转，传统的韩服一寸肌肉都看不到，偶尔只见那件小上衣飘了起来，露出一点肩和胳，已性感得要命。跳完舞躺在客人身上，微微地喘气，更引人入胜。

当然是不卖身的。如果客人要得到她们唯有不断地捧场，花了整个身家也许会达到目的。这点和日本的艺伎是相同的，不一样的是韩国女子比日本人的个性豪迈豁达开朗，只要她们看中了你，当晚也会以身相投。

当年的汉城不算是一个国际化的都市，但伎生们很有学识，多数会以英语会话，而且话题可以涉及政治、财经、绘画、书法和电影。韩国男人很粗暴，以礼相待的中国人她们非常欣赏，看着我们就等于我们看着苏州姑娘一样。温存过后，昏昏睡去，醒来发现她们在轻轻抚摩你的头发和面颊的事，经常发生。

已逝矣，经济起飞的韩国，父母亲不必让女儿当伎生了，而且韩国人拼命生男的，男女人口的比例已经渐渐拉近，不像从前女多男少，女人不再贱了！

重游太苑阁，刚好是今天结束营业。一个有心的财阀将它买下，送给宗教团体当寺院，多么大的一个转变！

枫叶还是那么灿烂，迷蒙的烟雾中，光线透过醉人的风景依然存在。

庭院的空地上生了一阵大火，装修工程迫不及待地进行。韩国的伎生院有个典型的装饰，那就是在白底的木条中写着蓝字，把一句句的七言唐诗记录，挂于柱上。工人把李白的《将进酒》木板扔进火堆中，“留香院”的横额也同时化成灰烬。

依山而筑的太苑阁并不止于一间大屋，它的建筑呼应着大自然，斜坡上这里一家，那边一户的小型的青楼，让单独的客人或只有两个的好友作乐。

虽然都已空置，一间间探寻，欲找回失去的青春。

忽然，看到纸扉拉开一缝，伎生在偷窥今晚的来客是怎么样的一个公子？

众女的嬉笑，似乎在调戏那个忘我的少女，说书生怎么会爱上了你？

比较一时的欢乐，当然希望社会的繁荣进步，给韩国女子带来幸福。伎生的消失是必然的，沉湎于过往是不必要的伤感。

叹惜今日的游客已失去了美好的机会，但听韩国好友说，有许多在梨花大学毕业的女生，为了保留这优良的传统，还是肯去学这门功夫，今后的伎生将青出于蓝地留传下去。

年轻的朋友赶快上路吧，在韩圆贬值的这个时期，到汉城去，也许还玩得起，还有得玩。旅行是人生最大的欢乐，但是情趣却一天天地减少。现在还是来得及的，只要抓得住片刻，是值得的。前面所描述的当年情景，在古人眼中，不过是小儿科。

Thorn Park Country House

这次在南澳洲阿特莱德旅行，印象最深的是住进 Thorn Park Country House 这家小客栈。

说是旅店，其实是一个被当地人招呼到他家里住几晚的经验。而这个过程，并非到处都可以用金钱买得到的。

地点是离开阿特莱德一个半小时的车程，一个叫 Clare Valley 的酿酒区里面，租辆车，自己驾去最方便，迷失了路，才觉手提电话的方便。不然，请阿特莱德市中心的任何旅馆安排，请个司机前往，也不是件大事。

"幽静"这两个字，可以代表 Thorn Park Country House。在这里享受到的安详，是都市人羡慕的。

一片小丛林大概有六十英亩的地，都属于客栈的地，主屋里有五个小套房，另一间建在从前高大的谷仓里，不喜欢和大家住在一起的客人，有自己的天地。

走进客厅，古董家私并没给人阴森的感觉。屋主的品位很高，先给客人舒服的印象。

墙上挂的并非名画家的作品，朴朴实实的几幅风景点缀点缀。进入小图书馆更是清雅，各种图书配合古典音乐音响，种类应有尽有，一个烧柴的小火炉，冬天可在炉边阅读，更是高层次的享受。

房间不大，由天花板挂下蚊帐，我去的时候看不到蚊子，但是照样把蚊帐放下，躲进里面，十足的安全感。

浴室里摆着古董瓷缸，挂毛巾的架子通了电，整天保持用起来的温暖感觉。洗头水、护发膏、牙膏、牙刷、肥皂等不在话下，还有个小花盆，里面摆着头痛片和医治水土不服的药丸，另有安全套备用，任何细节，都周全地想到。

最让我欣赏的是他们的厨房，两个大头火炉，可以煮出大排档式的镬气，另外有六个煤气炉煲汤或烧鱼，焗炉可以烘面包烤羊腿。

整个厨房是开放式的，所以抽气设备做得完善，一点也没油烟，里面有张长桌，让客人吃早餐。

说到早餐，这家人家由两位男主人亲自管理，David Hay 和 Michael Speers，前者是位名厨，这顿早餐简直是一场宴席，各种名牌英国红茶具备，也能选择中国的香片和乌龙。

面包刚出炉，果酱是自己将园中的水果炮制的，鸡蛋和蘑菇都由邻近的农场取材，当然新鲜。

接下来是腌肉、小牛扒、羊肩肉、各种香肠、芝士，再吃下去，午餐可免。

大卫的厨艺再次于晚饭时献宝，传统的澳洲食物中加了法式和意式的烹调。东方菜也拿手，单单看厨房架子上的酱油、辣椒酱、蚝油和鱼露牌子，就知道大师傅的要求是奄尖严谨的。

餐桌上当然摆着鲜花，炉边的花瓶里却插着一大堆芫荽、金不换叶子，随手摘下来煮食。

大卫在烧早餐时，他的伙伴米高走了进来。

大卫说："David's。"

米高说："Michael's。"

起初听不出为什么自己叫自己的名字，而且名字后面还要加一个"s"。

原来他们是在说："大卫是属于米高的。"另一个说："米高是属于大卫的。"

两人举止并不肉麻，也看不出有何娘娘腔的地方，总是一切自然，他们的亲热，并不干扰到客人。

住了下来，才感觉整间屋子像是自己的。大卫和米高在需要时才出现，我们晚上在图书室看书，他们推了一架小车进来，准备了茶酒和糕点，放下后又消失。

第二天一早，散步到谷仓，他们两人将它改装成画室，所有的画具都齐全，客人可以独自画画。每周一次，有群好友在这里举行雅集。你画我我画你，画得疲倦，就高谈阔论艺坛的动态，大家感情不错，但又做到君子之交淡如水，不太过热情。

整个画室有三四千英尺，后面又有个大厨房，可以搞舞会和六十个人之内的晚餐。

连着谷仓的那间小套房里也有个小厨房，适合我这种三更半夜起来整宵夜的客人。

来这里住的客人多数是不计较房租的，但是看价钱表，合理得出奇。包吃包住，供应三餐，每人收两千四百港币，如果两人合住一间房，少收八百，在城市的餐厅吃三顿饭，也不止这个价钱。

整间老屋建于一百四十多年前，经过了几个人家，才到大卫和米高手上，当时很破落，两人一板一钉地把这间旅馆建好，花了不少工夫。

问大卫和米高："你们怎么会想到把这个地方买下来，开客栈呢？"

回答得好，他们同时说："疯狂 Madness。"

地址：College Road，Sevenhill，South Australia 5453

TEL：（618）8843-4304

EAX：（618）8843-4296

童心

每年的四月二十九日，荷兰疯了，是最好玩最好玩的一天。

这是荷兰女皇的生日。不，说错，是她母亲朱丽安娜的。为孝顺老人家，女皇柏翠斯自己不做生日，只要母亲活着，永远以四月二十九日当全国庆典。

我选了这一天到达，由香港乘国泰机，直航只要十二个小时。抵达时是清晨六点多，有整整的一天可玩。

世界上有许多可以走马看花的都市：纽约、悉尼和伦敦是例子；洛杉矶、台北、墨西哥城都太大，没汽车不行。

荷兰首都阿姆斯特丹的人口七十万，单车计有八十万架，不是骑单车便是步行，政府订了许多法律，像是要把汽车赶尽杀绝。

这一天，整个市中心的道路禁止汽车驶入。挤满了人，连单车也不管用。

因为橙红是女皇爱好的颜色，很多人都穿了橙红的衣服，连头发也染来配衬。路过的人，看见我背了一个橙红颜色的和尚袋，翘起拇指叫好。

家家户户都出来摆摊子，只要你在前一天用胶纸围了一圈贴在地上，这个地盘便属于你的，大家也不贪心，有多少旧货卖，就霸多少位置，没有中国人的坏习惯。

友人先在卖咖啡和面包的摊子停下来。我没有兴趣，转头一看，有三个美女在卖伏特加，冰冻的，大声招徕：“有什么好过一杯烈酒来开始一天？”

说得一点也不错，照办。

二楼的露台上有一对老夫妇坐着，扮女皇和她丈夫，头戴皇冠。老太要颤抖着身体和群众打招呼。叫早安叫得兴起，要从栏杆爬下来和大家握手，她丈夫阻止她，管家出来阻止她，亲朋好友出来阻止她，原来是一班年轻的演艺学院的学生化装的，脸上皱纹弄得真像，连我也骗倒。

十几个小孩组成合唱团，不用配乐清唱民谣，声音像银铃，充满空气中。

另一边很吵，原来是四五个少女当自己是 Spice Girl，露出半边胸脯大摇大摆。

除了一些咖啡店和卖肉的铺子开门，其他的都不做生意。中国餐厅还是营业的，把卤鱼蛋和炸春卷摆在门口，人们总得要吃东西呀。

地摊上的所谓古董，没有一件看得上眼，七十八转和三十三转的黑色唱片到处是，买回去当宝的人尽可来这里慢慢找。我看到一个长方形的东西，底部蓝颜色的瓷器，仔细一看是个游泳池烟灰缸，那个跳板用来架烟蒂，顺手买下，现在放在桌上，写稿时对着它，够大，已摆满了数十根烟头，像是溺毙之人。

四月天还是很冷的，有人带不够衣服，就在衣架上选了件大衣送给他，才卖八十块港币。不像有蚤子，穿在他身上也没有哥伦布探长那件那么残皱。

一张画着郁金香花田当布景，三个女人围着羽绒服和穿渔网丝袜，让路人和她们一起拍照片，十块港币一张，她们是真的妓女或假扮的？倒看不出，其中一个给婴儿哺乳，为了和我一齐拍照，交给其他人，拍完了抱回来，吻个不停。妓女与否，都是母亲，都是人。

走进一个公园，这天是小孩子的天堂，他们要做什么都可以。有个人专为他们化装，小孩子乖乖地坐着，一动也不动，任由大人为他们画花脸，看到一个小女孩好像很享受毛笔摩擦在她脸上的感觉，麻麻痒痒的，舒服到嘴角淌出了口水。

公园一角用绳子围着，里面摆了几张椅子，好几个人坐在里面。这种情况通常是做来给失散的儿童等待，但是这里是小孩子把父母亲暂时交给人看管。大人也乐得清静，在里面抽烟或喝啤酒，当成躲开顽童的避难所。

卖冰淇淋的档子特别多，有些是小孩子开的，一个来买，一个来卖，同样年龄，卖者和买者是否感觉到身世的不同？等长大了才了解吧。

公园里还有一间电影博物馆，收集各国经典最齐全，每天换一套公映，戏院典雅，本身已是一件艺术品，外面开着露天咖啡店，桌椅用剧照设计，来自《乱世佳人》、《北非谍影》的画面。

走出公园，被一个女人挡住，要我向她买东西。

“只有今天，所有买卖，国家不抽十七个百分点的税。”她说。

卖的是雨衣，画着黑白的牛皮模样。这个女人腰间缠着一个用布做成的袋子，有很多个乳头，叫我挤一挤。

“我是只母牛，养了三个孩子。”她很享受地说。

看身材，一点也不像，性感得很，说完又唱又跳；三个小孩脸上也画成小牛状，不理母亲，各自玩去。

“他们长大后，一定会说家里有过一个疯疯癫癫的妈妈。”她自言自语地。

“好个疯癫的妈妈。”我说，“学校的错。”

东京大雪记

对热带南洋人或亚热带的香港人来说，下雪的确是一件神奇又美丽的事。

雪花变化多端，起初并不感觉，走在街上，怎么有点冰凉？原来细小如蚁的白点扑脸，在迎面而来的人深色大衣肩上积着，才知道已在下雪。

渐渐地，屋顶、树梢、车上、大路都染白了，轻轻的一层，日本人称之“薄化妆”。

下大些就好了。这么想的时候一片片五毛钱硬币的雪夹风直吹，身体已有刺骨的不适，耳朵冻得快掉下来，不是那么好玩。

风一停，更大的雪飘下。这时最美，也最宁静，所下之雪有如花瓣，称之为“牡丹雪”。

最后的雪变成圆珠形，像发泡胶粒。叮叮当当地打在车顶上，又弹开，散满土地。

这次在东京就遇到这么一场历年来最大的雪，而且刚刚好下在日本人的成年之日。

满二十岁的年轻人穿着传统的和服上街庆祝，或到庙宇去求神拜佛。在今日，他们可以抽烟喝酒，法律再也管制不到他们。

准备大醉，或者失身，他们想狂欢的时候，就遇到天然的灾难。正当我们赞美雪花，火车开始误点：一千五百四十七班次受影响，两百万人受阻。警察局收到一千九百宗撞车的报告，一百多人受伤，一人死亡。国内航空几乎全部停顿，到外国去的班次也大部分取消。

雪一融解，露出了它的丑恶，掺杂着泥泞，肮脏得很，融雪的时候比下雪时更冷，街上的年轻人缩着身体，想办法赶快回家。

“糟糕了，这件和服是向亲戚借的，现在又湿又脏，那么贵，怎么赔？”女的说。

她身边的男伴打趣：“我们去酒店开房，洗干净后再回去吧。”

啪嗒一声，有一个中年妇人一头栽在地上，三合土的地面原来是那么滑的！她咻咻叫痛，三合土原来还是那么硬的！当晚的电视上，新闻报告员说有四百人因为跌倒而受伤！

积在屋顶上的雪，重量不可轻视。有个老头正想爬上去清除的时候，忽然瓦砖倒塌，被压死在里面。

“好在只是雪。”一个路人说，“要是地震，像神户三年前的那一场，不知要死多少人？”

其实东京的主教大学有个教授早已警告过："万一遇到神户那么大的地震，死伤人数至少要高过它几倍。下雪的话，你可以不出门。要是地震，就没家可躲了。"

一九二三年的关东大地震，一死就是十六万人。

《每日新闻》的社评说："遇到一点雪就大恐慌，地震呢？日本人凡事都闭上眼睛，不敢去面对。"

小孩子才不管那么多，他们担心的是有没有地方玩？这场雪一下，动物园是去不得了，所有的游乐园也关门，只剩下迪士尼乐园还开放。迪士尼很会做生意，他们已经考虑到天气的影响，其中四十八个过山车式的游乐所都设在室内的。

从酒店走过去，到日比谷公园去散步。年轻人还在堆雪人，一点也不怕冷。嘻嘻哈哈地扔雪球大战，真羡慕他们的精力。

许多树到了冬天一枯，没有叶子，下雪就不那么好看。最美的是松树，雪积在顶上，一棵棵发白。玫瑰和梅花也都耐寒，在雪中大开。

本来日比谷公园的大门有一档卖猪骨汤的面档，是全东京最美味的，现在已经被警察赶走，吃不到了，真是可惜。要是有一碗热腾腾、香喷喷的拉面下肚，什么忧恐都能忘怀。

往年，也遇过数次的成年之日。在这一天可以到新宿的明治神宫，看穿得花花绿绿和服的少女走过，她们手上多数拿着一枝白羽毛的箭，是向神宫买来求平安的，也祈求以此达成愿望。

"你们最想要的是什么？"我已经步入老年，向她们搭讪，也不会被拒绝。

有一个女子说："找个人嫁了。"

"才二十岁，就想嫁人？"我问。

"现在找工作不容易，当女侍应我又不肯。"她说，"就算勉强做了，搭火车或地铁上下班，吃顿饭，都很贵，钱赚不到分分钟反而要倒贴，化妆品当然也付不起，做来干什么？"

活下去，什么都要做呀！这句话说到嘴边，想想，还是不开口的好。

"别的国家十六七岁已经成年，我们要等到二十，真落后！"她说完走远。

遇到酒店的一位中年服务生，认识她已经很久，见她穿得整身和服，笑着问："你今年才二十？"

"十九。"她回答。

想幽人一默，反吃了一记闷棍，下次再也不敢放肆。

Tokyu Hands

有些日本店，走进去就是出不来，像卖文具的“伊东屋”，一共七层，每个角落的货色都深深地吸引着我。

比“伊东屋”更大更齐全的是“Tokyu Hands”，第一间开在涩谷，后来全国都有分店。现在最具规模的是大阪心斋桥，一九九九年三月十二日开张。

这一天我刚好赶上，跑去凑热闹。一看，哇，不得了，分了九层，地下一楼是游戏用品、纸牌、拼图、蜡烛、乔装和魔术；户外玩乐的旅行包、运动器具、单车及零件、购物载物手拉车等等。

一楼是杂货，玩具、打火机、钟表、锁匙扣、包装纸、绸带、礼品盒、卡片、明信片和镜框。

二楼专卖厨房用具：菜刀、锅、餐具、酒吧用具、调味料，甚至到大师傅的帽子和围裙，还有个咖啡店让客人歇歇脚。

三楼有浴室及卫生间用品：毛巾、牙刷、肥皂、花洒布帘、健康测量器、沐浴香料、衣架、橱柜、伞桶、鞋架、洗涤用品、熨衣用具。

四楼卖家具，现成的或是让客人自己组合的，像那个柚木书架，非买不可，墙纸和瓷砖，床上用品包括被单、枕头、靠垫和睡衣。

五楼卖道具和工具，手摇的或电动的兼备，工具箱、测量器、梯、螺丝、钉、栓子、钩、防盗用具，电器有各种大小灯泡、音响影像，还有园艺用品。

六楼以木材为主，各种木头，天然的或人造的，涂料、黏接剂和水道用品，栓、排水工具、净水器、软管等。

七楼卖纸和模型、宠物用品、设计用品和店铺用品、画画材料、黏土、雕刻、书法，无不齐全。发票机、保险箱、招牌、菜单皮套、食物模型。

八楼是文具部：电脑、笔记簿、剪刀、糨糊、订书器、贴纸、印章、公事包、文件篮，想到什么有什么。

最主要的是，每件货都有品位。

Tokyu Hands 喊的口号是“生活用具艺术化”，它的标志是一只木头刻出来的手，握着一根骨头，代表人类最原始的工具。

这公司鼓励大家使用对人生有帮助的器具。每一年，他们举办一个大赛，巨额奖金由首三名分享，只要你发明一件令人能在生活中更方便，更有美感的东西，便能得奖。该公司还会将它商品化，得到的版权税交还发明人，累积起来，也不是一个小数目。

在大阪的这家新店东西最多，设备也最完善，还包括了几个小型工厂，替顾客锯木或磨铁。比方说你在旅行中看到一块奇形怪状的原木，他们便为你锯成几片，钉上脚，变成一套小凳子。

有一位好友的太太到处找刮舌苔的器具，我跑到店里一看，至少有数十种大小不同的设计，马上买下。

又为苏美璐去找一种绝了种的水彩颜色，店中不出售，但店员拼命地替我追索该老店的地址和电话。那种工作态度，近乎感人。

在颜料部中，我看到会发亮的磷光漆，就各种颜色买了一罐，经理跑了出来问我买这些颜料干什么？我回答说是用来画领带，他即刻认为这是一个好主意，问我有没有兴趣为他们开一堂课。

每天，店里举办入门讲座，有皮革打花班、戒指制作班、印章雕刻班、食物模型制造班等等，数之不尽，各星期都有变化。除材料费之外，每个课程的收费也不贵，约一百二十块港币。

我因为半夜起身要看已经几点，在漆黑中见不到钟，开灯又刺眼，一直找不到一个理想的夜光钟，只好自制，跑到时钟部去，该公司出售钟肉，又卖数十种不同的时分秒指针手，供我组合。

不想自己动手的话，只要出主意就行，像要一个烟灰碟，指示店里你喜欢的形状，他们便会替你用陶或瓷烧出来，科技化的，他们拥有一个镭射机，为客人制造精细的花纹和文字。

令我最感兴趣的是佛像的雕刻，从木头到刻刀，无一不全，还将雕制过程一步步地用许多木块展示出来。

修理部中出现了已经消失的匠人，换伞骨、修补衣服和配收音机的光管，总之有什么东西和工具坏了，他们都想尽方法为你修理。

这次我们去吃打边炉，侍者忙不过来，不能为我们点火，我从口袋拿出一个打火机，打着了，用力一按，那根烧着火焰的铁管便伸长出来，深入锅底，不会烧烫手，朋友看了大叫好用，问我去哪里找到？当然又是这家店的古怪主意。

一进门口，便有一个汽车的壳，上百种零件，最后是四个轮子，如果你要自制一辆汽车，也办得到。

我现在明白女人为什么可以在一家百货公司走一整天，要是我逐件东西看，在 Tokyu Hands，一个星期也不够花。

地址：大阪市中央区南船坞三丁目四番地十二号

电话：816-6243-3111

网址：http//www.tokyu-hands.co.jp

花之博览会

一九九九年五月一日至十月三十一日，在中国昆明举办世界园艺博览会，主题为《人与自然——迈向二十一世纪》。

地方大得惊人，是不可能仔细观赏的，我们租了一辆电动车，由年轻的云南姑娘驾驶，走了一圈罢了。古人走马看花，我们则是驱车看花。

博览会标志选了一只金丝猴，并不可爱，又不是动物博览，用朵牡丹代表岂非更佳？

大门口立着以花布满的帆船、花海、花钟等，都是粗生的普通花组成，又加上种类太多，给人一个杂乱无章的感觉，不如荷兰一片片郁金香花田那么壮观。

全场中的人去自然馆、科技馆、国际馆、大温室、中国馆五大馆，以建筑物抢风头，和大自然争妍。

国际园林中，参加诸国的摆设甚为简陋，有些还以推销他们的产品为主，如瑞典馆的诺基亚手提电话，与花无关。

出最多力气的反而是巴基斯坦馆，不知道是不是前来讨好中国，想买更多的武器！

中国园林由各个省份组成，大家都花了不少心机，但是用水泥砌成的假山假石假牌楼，非常人工化，而且花朵多是插入盆中埋入地下的，给客人一个急就章的感觉。

最想看的当然是云南馆的牡丹，可惜季节已过，剩下两三朵枯枯萎萎的，非常寂寞。

想起在日本山阴的大根岛上看牡丹，他们用一个温室保存，世界各国的牡丹一年四季盛开，绝不令人失望。温室的概念，已不是用来种植热带植物，而是留着自然。

日本人以科技来推广消费，像夏天的草莓是在冬天才能在市面上看到，皆因天冷时水果太少。这种反自然的现象很可悲，但是温室牡丹花馆，倒是可以接受的。

好了，香港人，来到花之博览会，总得看看恶名昭彰的香港馆吧。

用铁丝铁条铁管铁网为主，一望就觉得是生生硬硬，香港馆的确不显眼，占地又小，不是导游告诉我们，那一个是香港馆，绝对错过。

最大的建筑是在铁架上通了一条管，贯穿整个场地。

“像不像电视节目中发表六合彩的那一条滚珠道？”这是朋友的第一个印象。

“真像了！”大家赞同。

“那是设计来代表一条龙的！”听到其他香港观光客那么解释。

“看来看去，还是六合彩的滚珠道！”大家还是相同的结论。

“周围围着的铁笼呢？代表些什么？”另外的人问。

其中一个打趣：“代表不让香港人在内地的子女涌到香港来吧？”

没有看到紫荆花，也无杜鹃，连香港常见的木棉也没有，只摆着几个小花钵，种些杂花摆在铁架旁边。

“花了一千多万。”听纷纷议论。

“怎么算都算不去一千多万。”

“有一半花天酒地应酬掉吧？”

“特首还满意。”

“到了开幕才看到，不说满意，能说什么呢？”

“你只会批评，要是由你来设计，摆些什么？”友人指着，我懒洋洋地说：“宁愿是一片空地，什么都不种，租几架军用直升机，把一棵大榕树运来种在中央。”

博览会的建筑，都有太过人工化的印象，与主题的“人与自然”互相矛盾。倒是树木园、药草园、蔬菜果园、茶园和竹园值得看。

由中国最大的竹至最小的叶子呈于眼前，方形竹、葫芦竹、实心竹等，聚于园中。佛经里常出现的紫竹也能目睹。

竹制成的一切工具，摆在整间由竹建筑成的小屋中，这才配合人与自然的主题。

飞机在昆明空中盘旋时，看到的梯田有一条条的像非洲土人的发饰。降落后，才知道那些整齐的东西，原来是农民用塑胶袋来保温的。让蔬菜幼苗在寒冷的天气成长的新派种植方法。

那么多的塑胶袋用完即弃，绝对不溶解的。人类正在握着大自然的喉咙令她窒息，世界园艺博览会的主题“人与自然”，是否应该回归自然而不是破坏自然呢？

用树叶包扎食物的原始方法，是否会好过不溶解的塑胶饭盒？大陆人那么喜欢吃的甘蔗，它的渣，也能做出多种容器来。向这方面的发展和研究，是否才是“迈向二十一世纪”呢？昆明的丽江，被联合国指定为自然保护区，为什么是人家来指定，我们不会指定？

整个博览会建于昆明的名胜金殿风景区，金殿倒是值得一游的，吴三桂和陈圆圆相好的地方，在山明水秀的深山中有那么宏伟的建筑，也并不破坏大自然。

古人吴三桂放清兵入关，人很坏，但都不及现代人那么坏，世界园艺博览会破坏的大自然，比吴三桂更厉害。

纳西古乐人

从昆明再乘四十五分钟的内陆机，就抵达海拔两千四百米的古城丽江。

与世隔绝，这片净土上住着二十几万纳西族人，他们有自己的语言和文字，但最受瞩目的，还是他们的音乐，称之为“纳西古乐”。保存着唐宋以来的原型，奏出如《浪淘沙》、《山坡羊》、《水龙吟》、《步步娇》等古曲。

丽江的名胜很多，古城的街道旁边流着雪山清澈冰凉的融水。到了黎明，人民关起闸来，水便泛滥，用来冲洗铺在路面上的石块。太阳出来后又把水放了，等它晒干，像一件日日用手洗濯的旧衣，淳朴干净。

古装片如果来到丽江，几乎不必修饰，已经有几千个角度可以拍摄。建筑物的层次分明，从城郭直到远山，都那么秀丽，整个古城没有围墙，也表现了他们对和平的爱好。

活着的名胜，是一位叫宣科的音乐家。

宣科先生带着一群演奏者登上小舞台。第一个印象，听众感叹在前排坐着的美髯公，每一位都是七八十岁的老人，后排也接受年轻音乐家掺杂，纳西人的艺术，将那么一代又一代地传下去。

“我今年也有七十一岁了。”宣科先生说，“不过看起来只有四十岁，各位说是不是？”

听众都同意。宣先生人长得瘦小，戴一个与脸型不称的大框眼镜，头发还是漆黑的，额前已剥秃，他把后面的头发梳向前遮掩起来，更猜不出岁数了。

“喜欢音乐的人，永远年轻。”他说：“但是要古雅的音乐才行，流行音乐人，像刘德华，看起来就要比我老了。”

哄然大笑，整个演奏厅的气氛已经被宣先生搞掂。

接着他说：“纳西人有那么优秀的音乐，完全靠我们的女性。耕田、背大石的，都是女人。她们爱我们男人，不让我们做粗重的工作，让我们吃喝玩乐，才有今天的成就。”

纳西女人的服装是红色背心和白裙子，上衣有交叉的白带绑着一个背囊，象征她们的勤劳。虽然衣上的背囊已无作用，但证实了宣先生所说的传统。

“自古以来，纳西人喜欢文学和音乐，我们从前的土皇帝土司们的政策也很开放，把中华民族的文化几乎全盘地吸收过来。这种以儒学为主体的正统文化，深深地扎根在这块土地上。纳西女人给以我们闲暇，让我们成为有教养的人，这也令她们的生活有更高层次的享受。其实，她们才是最聪明的。”宣科先生说。

开始演奏，乐器有代表性的“速古笃”，是波斯“诗琴”的一种，还有十面云锣、曲项琵琶三弦、笛子、芦管、古琴等等，旋律威严深沉，时而柔和，宏伟起来，又像能震动整个房子。小姑娘们用铃声唱出《浪淘沙》的歌词，令人陶醉。

奏完一首，宣科先生站上来讲几句话：“我们的乐队被邀请到欧洲各国去演奏，他们听了说是未受污染的音乐。香港的港督见到我的时候，知道我们高山空气稀薄，问我：‘你的心脏好吗？’我回答说：‘是年轻人的心脏’。”

怎么和外地人沟通呢？原来宣科先生的父亲是位传教士，懂得多国语言。自小教他英文，他的保姆又是一位德国人，所以宣科先生的英语、德语都讲得很纯正。他本人发表的论文《音乐的始源》受到西方学者重视，曾经到过牛津大学讲学。

“我一到牛津，大家等着听我说话，如果我谦虚地说我是一个高山少数民族的人，不知天高地厚，请指教等等，一定被认为是废话。所以对着洋人不必太过谦虚，一开始我就说：‘在丽江时看到外国人，要拨开手上的毛，才看到表，表示他们还没有进化。’”宣科先生笑着说。

“那么你们中国人呢？都没有毛吗？”听众问。

宣先生说：“我们在重要的部位，才有毛。”

众人大笑之后，宣科先生才进入正题，讲他的音乐，奏他的曲子，牛津学者们说：“我们听过很多中国传统古乐，今天才算听到最正宗的，未经改编的，不加修饰的。”

第一个介绍纳西音乐给世人的是四十年代的俄国人顾彼德，他的论著《纳西人的音乐美术及闲暇时光》由宣科先生亲自翻译出来，他也懂得俄文吗？

“在牢里，二十一年，要学的话，什么都学会。”他并没有苦涩的伤痕。

“外国报纸写我是东方的曼德拉，我回到大陆后赶紧向单位解释说这是他们胡说八道。”宣科先生还是笑着：“事实我怎么都不像曼德拉，他关在牢里二十八年，比我多七年。”

丽江已经被联合国指定为自然保护区，有许多旅客闻名而来，都是较有文化的，不像集中在大理的那么散漫，宣科先生已经成为无人不晓的国宝。

“我并不伟大。”宣科先生说：“伟大的是我们这里的一位八十多岁的老音乐人，他只会说哈啰和拜拜两句英语，在一九九六年，丽江的七点二级大地震中，房舍倒塌，死伤无数，全城电力中断，黑暗里，老音乐人从瓦砾中爬了出来，摸到一根笛子，即刻演奏，慌乱的人民听到了音乐，镇静了下来，努力收拾残局……这种人，才叫伟大。”

丹麦曾志伟

丹麦哥本哈根海边的内陆河岸上，有一个叫 Nyhavn 的地方，很像阿姆斯特丹。

一边的街道上充满餐厅，多数楼下是酒吧，楼上才卖吃的，桌椅摆在道路旁。Nyhavn 还有一个别名，叫世界最长的酒吧。

我们被一个写着“香港”的大招牌吸引，走进门口一看，还偷了香港旅游局的那只帆船当标志，但是里面一个香港人也没有，肥胖的丹麦老板娘一见到东方人，老实地说：“我们卖的丹麦餐！”

再走过几家，原来卖的都是一样，西方人所谓的“开放三文治”，不用两块面包来夹，肉类和面包分开吃，根本和三文治无关，等于脱了裤子放屁。

典型的海鲜餐一客一百三十五块港币，在碟子上放着小片的生三文鱼，丹麦蓝芝士，一块硬得不得了的小牛扒，几瓣生菜。

中央有一个独立的玻璃碗，盛着用糖醋渍的青鲱鱼（Herring）。

每人要了一客，等待老半天还不上桌，朋友说笑："不如你跑进厨房里去烧。"

我也笑着："炒饭炒面还行，那么简单地排在碟上的玩意儿，我不会。"

等待的时候，看见一个像曾志伟又矮又胖的人物走过，头上戴了一个很抢眼的红色法国小帽，身上披着一件长褛，差点拖在地上。

原来这件长褛中藏满法宝，丹麦曾志伟先从中取出一个淋花用的喷水壶，见游客走过，就从后面把水射向他们的耳朵。

多数旅客用手摸一摸，望着天，咦，没有下雨嘛。

也有毫不在乎，继续上路的，大概已视天雨为常事。

丹麦曾志伟见恶作剧不成功，使出下一招。从长褛中取出一条拖狗绳，游客一经过便把钩子挂在他们的背包上。绳子愈拉愈长，丹麦曾志伟便扮成一只狗，汪汪大叫地被主人拖着走。

效果产生，坐在餐厅外的客人笑了出来。

丹麦曾志伟忽然取出一个哨子，扮警察来指挥交通，看到一个担着根烟走过的，即刻大声吹哨，吓得那家伙半死，大家又笑了。

下一招是走在游客前面，取出一个"呐喊"的鬼面具戴在脸上，忽然转头，女游客给吓得尖叫之后，撒娇地打他几拳。

走开了一会儿，丹麦曾志伟重新出现时，手上加多了一个手提箱，他的几根手指转动得快，身体围着手提箱团团转，这么一来，那个手提箱便像停在空中一样，看得众人叹为观止。

表演完毕，他向餐厅的客人一鞠躬，然后张手向大家要几个铜板。

看他表演得落力，大家也不孤寒，有些人还给了五块钱美金。

丹麦曾志伟收了钱，在我身边的一个空位坐下，叫侍者给他一杯香槟。出手之阔，胜过许多给钱他用的人。

我递了一支香烟给他，为他点着火，便谈起来。

“我是念戏剧的。”丹麦曾志伟把身世娓娓道来：“但是在丹麦有多少角色可以发挥呢？”

“改行呀！”我说：“可以去做别的买卖。”

“自由惯了，要做固定时间的工作，简直是不可能的事！”他叹了一口气。

“为什么选中在这里表演？”我问。

“人生的舞台，随时随地改动，我本来可以去 Tivoli 游乐场表演的，但是固定在一个地方，等客人来看，不如把舞台搬到观众眼前！”

“怎么把舞台搬到观众眼前？”我好奇。

“有一天，我经过这一条世界最长的酒吧，算了一算，一共有二十四间餐厅，每一间都有几桌人坐在外面。”丹麦曾志伟解释：“所以我把我的表演分成十二幕，每一场表演给两个餐厅的客人看，由头做到尾，又走回最先的舞台表演过来，循环又循环，每次都有新观众，是我悟出来的道理。”

我替他心算一下，每两个餐厅平均最少有十美金的收入，十二场就有一百二十块，每天算表演两轮好了，也有两百四十块美金，够他喝香槟了。

丹麦曾志伟好像知道我已算出收入，补了一句：“还不必缴给政府二十五个百分点的税呢！”

“要是在香港，人很暴戾，你这么玩他们，一定打架。”我说。

他点点头：“在这里也会遇到不愉快的事。”

休息完毕，丹麦曾志伟又起身工作。

这时有一个秃头的大汉经过，丹麦曾志伟一直用手势嘲笑他的光头，本来适可而止的，但他一再侮辱对方，这时大汉恼了起来，抓着他的衣服想打他，丹麦曾志伟即刻跪在地下，脱下了那顶红色的法国帽，露出自己的光头，做你和我都是一样可怜的手势。

秃头大汉笑了，我们看的人笑了，丹麦曾志伟也笑了，世界真美好。

啊！普罗旺斯

Provence，法语念成普罗旺斯，英文是乡下的意思，里昂以南，马赛以北的地带，都叫普罗旺斯，法国人。从前的法国人认为除了巴黎，其他都是乡下。

我们的旅程由著名的 Avignon 断桥开始。

断桥是教宗皇宫的一部分，自从一六八〇年被摧毁了一节之后就没有修理过，《Pont D'Avignon》这首歌没人不会唱，和英国的那首《伦敦桥掉下来》的童谣一样，谁唱在先，不求甚解。

为什么断桥那么出名？也许是因为不完整，凡是有缺陷的东西都迷人，要是它不断，就没人来看了。

Avignon 怎么去？从巴黎乘法国子弹车，两小时经里昂，再从里昂租辆汽车，一路慢慢欣赏下去。

断桥的旁边有间靠河的餐厅叫 Le Bercail，两百块港币都能吃到它的套餐，包括红白酒。

焗蜗牛是把肉起了，装进一个小瓷缸里面，一个碟子上摆着七八个瓷缸，像玩具一样上桌，蜗牛肉上淋了橄榄油和香料，又美丽又好吃。

牛肚也做得很出色，加了番茄熬了几个钟头，味道香浓，吃进口软熟，普罗旺斯人对内脏的吃法极有研究，每一道菜都精心炮制，不像美国人把牛扒煎它一煎那么毫无料理二字可言。

连沙律也是把生菜煮熟了拆开，再加香料调拌，吃海鲜时配上的酱可以拿来涂面包，有一阵大闸蟹膏的味道，不要让它吸引而连吞那填肚子的东西，主菜还未上呢，别说甜品了。

最普通的餐酒，已有香港近千元一瓶的水准。面包只能拿来喂河边的鸳鸯。这一群动物已成为此餐厅的特色，每晚来陪伴客人。菜馆什么肉类皆齐全，就是不卖鸭，亲切招呼的老板娘说它们太可爱了。

Phone 河的水如镜，反映着夕阳，无限的美好，一般人惋惜已近黄昏，但是七八月的普罗旺斯，九点钟还不见天暗，如果人生活得精彩，黄昏原来是可以缠绵得那么久的。

怪不得梵高要选普罗旺斯住下，这里的色彩，和他的性格一样鲜明强烈，向日葵不在话下，其他红色的小花数万朵。再由Avignon乘车，一个多小时后可到 Savlt。一片片的薰衣草，大地变成了紫色。再出发，Roussillon 有水银矿，整座山是橙色的。到了Fontaine De Vaucluse，河水碧绿，清澈得树木能在河床中长成，翡翠的深渊向人呼唤，要你跳下去浸一浸，就算淹死在里面，也是值得。

葡萄园连绵不绝，随便走进一座古堡都可试到价廉物美的红酒。这一次去果实还没成长，实在遗憾，不然又可看到无限深紫色的田园，不过普罗旺斯任何时候部不令人失望，代替葡萄的是树丛中的樱桃，就长在路旁，把车子一停，偷采之前，说三声：对不起，对不起，对不起，便心安理得地把果实采下来吃，刚成熟的是粉红色，可口是鲜红的，但垂垂已老的紫樱桃最甜。整枝干子摘断，一串上百颗，慢慢地一粒粒欣赏，或是向街边档购买一箱，五公斤重，和大家分享。

小镇中的工厂也欢迎你去参观，有的做朱古力，以烈酒当馅。有的制造杏仁糖，半人工半机器，一粒粒精心炮制，是自傲的艺术品。

住的地方，镇中小旅店干净舒服。豪华一点则住入古堡改装的酒店。维持费和地税都很高，普罗旺斯的贵族们都纷纷从商，把自己享受的地方租出去。

在一家叫 Chateau De Rochegude 的古堡餐厅吃饭，大师傅问我想吃些什么？我回答说：“到了普罗旺斯，当然要试最地道的田鸡腿。”

海外的法国餐厅菜单中多数有这道菜，在原地吃特别有意思，发现用的田鸡腿都是小只的，不像天香楼熏出来的那么粗大。先煎一煎再煮，最后淋上特制的汁。别的地方绝对做不出那么鲜美的味道，一定要在普罗旺斯吃。

已经大呼满意时，厨师坚持我吃一道乳牛扒，我对乳牛没兴趣，嫌它肉太淡，但做出来一看，两片薄薄的牛扒之外，还有一个小杯，一根茶匙，原来是补乳牛肉味不足的牛骨髓，选牛骨最粗大的那一节，锯了下来，做杯子状，再撒下岩盐后烤熟，就那么用茶匙掏来吃，色香味之外，还有美丽的构图。

到普罗旺斯时，别忘记到 Facteur Cheval，那里有一座“理想皇宫”，由一个从来没有受过美术训练的邮差建的，有一天，他发现了一块像东方绘画中云朵状的石头，从此发誓要搭一座皇宫来。经过三十多年，他一手一脚一山一石地实现了他的梦想，样子稀奇古怪，偶尔幼稚，有时像大师的杰作。如巴塞罗那高地的那座圣家族教堂非常相似，但绝对是模仿不出独一无二的建筑。毕加索来到这里，感叹道：“天真的才华！”

对了，别以为巴黎是法国，普罗旺斯才是法国。快点来吧，趁她还未受到游客的污染。

第一号夜鬼

世界第一号夜鬼，应是西班牙人。

早上九点钟上班，中午休息一小时吃午饭。三点收工，午睡一大阵，七八点开始喝酒。十点吃晚饭，午夜到街上逛或去夜总会。

一星期只做五天工，大家还拼命盼望周五下午早点来临。当晚多数不睡觉玩至天明，星期六睡一整天，夜里又玩到星期天早上或一直不停地嘻哈下去，想到礼拜一要上班，才肯睡多几小时。

这主要的还是他们的社会福利做得好，佛朗哥时代，大家有点顾忌，现在大玩特玩，国家玩穷了，那是明天的事。

记得有一年美国的太空站要跌落地球，每一个国家的反应都不同：澳洲人说一定会跌到他们的沙漠，大家寻金去了。菲律宾人群集在教堂求赎罪。西班牙人通宵饮酒作乐，庆祝世界末日来临。

东方人刚到西班牙，总嫌他们懒，工作效率不高。西班牙人问道：“我是为你而活，还是为自己而活？”

节日

今天又过节。我问说到底庆祝些什么？

“圣璜节呀！所有叫璜的人都在今天生日。”有人回答。

“不，不。”另一个争着说：“是纪念大情人唐璜。”

“胡说八道。”酒吧里的老家伙说：“你们这些年轻人懂得什么？今天是今年夏日的开始，所以庆祝。”

酒保大笑：“夏天有什么好庆祝的，圣璜节和圣诞节一样，我们西班牙人一个圣诞不够，要过两个才过瘾。”

“快来帮我洗碗。”酒保的老婆拉着他的耳朵，转过来对我说：“其实，我们这么高兴，是因为我们的国王叫璜·卡洛斯一世，我们爱他，就以圣璜节这一天来祝福他。”

这么多理由把我搞糊涂，没有一个答案是满意的。

“和国王有什么关系？”打电子机的小孩忍不住大叫：“有假放就是了。”

大家点头同意：“还是你聪明。”

不能接受

以前听说过西班牙分好几个地区，方言各不同，现在在巴塞罗那住下，才知道这问题并非只是方言那么简单。这里的居民从不认自己是西班牙人。他们很自豪地说：“我是个加达兰。”

巴塞罗那一直觉得能自成一国，以前给佛朗哥管得死死的，目前来了民主社会主义，他们又开始要闹革命。

加达兰方言没有西班牙话那么正统，他们尤其喜欢用法文，如“谢谢”之类的日用法语在巴塞罗那讲得通。

马德里人看轻巴塞罗那人，后者仇视前者。原不应该从自然地理上来划分为两国，这是我们外人不能了解的。

我不懂的事比这更多。我不明白黑人为什么在美国一向受歧视，而回到他们的老家非洲，自相残杀是日常发生的。我也看不惯在外国受压迫的犹太人，要将巴勒斯坦赶尽杀绝；就像我永远不能接受广东人把其他的中国人都叫成外江佬一样。

嬉皮士的坟墓

嬉皮士运动，根据波希米亚人的精神，承继了“疲惫的一代”，开始至今，已有二十多年了。他们的爱好和平、反对现有、自我放逐的思想，影响了全世界的年轻人。

脏兮兮、好吃懒做、每天吸毒乱交，是一般人对嬉皮士的印象。尤其是一提起杀死沙朗·蒂的凶手梅逊，大家更讨厌嬉皮士了。

其实这只是少数的害群之马，如果认为每个嬉皮士都是这样的话，那对他们是极不公平的。真正的嬉皮士，都抱着一份美丽的理想，希望世界有快乐和大同的一天，他们多是绝顶聪明，大智若愚的，胡子、长头发、皮大衣和牛仔裤，只是个躯壳。抽大麻也只不过代替了饮酒，他们是现代的“竹林七贤”。

长时期下来，嬉皮士发觉了自己的思想并不成熟，所做的事都受尽凌辱。要旅行时，被人拒绝入境签证；反核运动时，遭警察毒打；抗拒的现有大企业，只见日见强大；原来希望北越的胜利，变成一场海上难民的噩梦；抽完大麻所想到的好主意，第二天醒来觉得很愚蠢；大锅饭虽然还能忍受，但是并不可以给生育下来的儿女足够的营养；这个世界只是越变越势利和丑恶，永远找寻不到乌托邦的时候——嬉皮士醒觉了。

他们脱下印第安人式的大衣，剪掉了耶稣形的长发，刮干净了大胡子，穿上西装打了领带，变成身边周围的你和我。经过了浩劫和知识的追索，优秀的嬉皮士变为杰出的艺术家，或是很成功的生意人。目前，他们都进入中年，掌握住社会上许多重要的行业，如欧美的娱乐圈、歌谣界的主脑，以前都是大嬉皮士；有的创造大企业，变成广告公司和成衣制造厂的总裁。还有的大多数，满足现实，安居乐业。

精神上，他们没有放弃对自由奔放的爱好，有一部分嬉皮士定居在一个岛上，在这里有长年的白沙滩和阳光，各人虽已不着奇装异服，但都来到这里埋葬一个过去的美好理想，这个岛，就在西班牙东南部，叫伊碧莎。

到处流浪，找寻真理和知识，是嬉皮士必经的过程。除纽约、伦敦和巴黎等大都市之外，他们公认的圣地和乐土有尼泊尔的加德满都，大麻和冥想，令他们与宗教更加接近；印度的果亚，使他们了解更多其他音乐的旋律；印尼的巴厘岛，让他们享受毛茹奄姆列产生的幻觉；西班牙的伊碧莎，给了他们和平和安详。

在这个被清澈见底海滩包围的地中海小岛，我们可以看到鱼群在嬉玩，又好像见着了自己的倒影。

整个岛只有六百平方公里，人口四万五千人。山多，灌木、松林、仙人掌盛产。房宇一间间，不规则地建立在山腰，很细小，像个四方盒子，颜色以蓝和白居多，与大自然极为调和，并充分地显出它们的朴素。

嬉皮士选了这里落地生根，他们和当地的居民很融洽地生活在一起，照面时总客客气气地说一声“噢啦”，你好吗的意思。

生存下去，他们必定要付出劳力，许多人开了小店，自己设计服装和首饰出售，所卖的商品品位极高。有没有人来买，他们好像不在乎。因为太高的欲念，已经消失。

岛上常举行音乐会和绘画摄影展览，这些活动能刺激一下单调的生活。看到的都很特别，像其中一个画展，是由岛上八个不同的画家，描塑一样主题，以相异的手法表现。

有位朋友开了间海鲜餐厅，橱窗里摆的贝类在一般店里不常见，由大鱼割下的一片片鱼翅陈设，令人垂涎。

无上装太阳浴在欧洲的各沙滩已屡见不鲜，伊碧莎有两个幽静的海湾开设为天体营，已经毕业的嬉皮士母亲，抱着她白胖的下一代喂奶。

大清早出来散步，经过一个小码头，遇到一位老嬉皮士在垂钓。码头的左右前后有大条的鱼群浮沉，但是老头只坐在一角等待小鱼上钩。奇怪，问他：“为什么不到那边去钓大的？”

回答说：“我只要煲个鱼汤当早餐，几尾小的，已经够了。”

去玛玉嘉吧

玛玉嘉岛在西班牙的东南，有很长的海岸线，各个不同的洁白沙滩，清澈见底，是地中海的特色。

由巴塞罗那乘飞机不消半个小时即能达到，这次，总算有机会去到这个仰慕已久的小岛。

市中心庞马有高楼大厦和华丽的商店街，它像夏威夷的魏基基，更似尼斯、康城，港湾中摆满名贵的游艇，旅客一车厢一车厢地经过，是最繁华，也是最没有味道的地方。

乘汽车到岛的其他尖端，才能领略到玛玉嘉的好处，它平静、安详，人民的生活，自古至今不变。村子里的小酒吧，到了周末，坐满了长者在赌扑克牌，赌注小得不得了，而且输输赢赢永远是那几个人。年轻汉子忙着看电视里广播的足球比赛，小孩子偷偷跟进来玩吃角子老虎机，给酒保赶了出去。

十多年前，有个嬉皮士想出一个主意，由北欧租了架飞机，包载旅客到这岛上，价钱只比乘火车贵一点。欧洲各国人都麇集到这里来度假。这一来，嬉皮士发了财，玛玉嘉也渐开放给外界。

欧洲人很少不被这个岛迷住，看到他们大清早起来游泳，天气虽然还是寒冷，但这对耐惯冰雪的北欧人来讲，已是无比的享受。通常，他们来度几天假，渐渐地问起房子地价，发觉比他们的国家还要便宜一半以上，便在这里买起西班牙别墅。后来，干脆就住在岛上，不回老家。

岛的各个角落，分布着德国区、英国区、法国区和意大利区，同一国家的人总喜欢住在一起，他们还自己出报纸，岛上有这四种语言的外国新闻。

如果你被空气污染迫害，如果你被车声吵聋，如果你被困扰包围，如果你被担忧搅疯，那么，你应该到玛玉嘉去。

我们一生的努力，应有安静下来的收获。去玛玉嘉吧！

那里，男人走路从来不匆忙，女人永远不衰老，人们不必花费一句多余的话，阳光比其他地方长，月亮，更是那么懒洋洋。

去玛玉嘉吧！

暴露

又是一个假期，纪念荷西，所有叫荷西的西班牙人这天是他们额外的生日，一年做两次寿，真会享受。当天要是开工，一切以双倍价钱和人工计，不合算盘，便跟着休息。

美术指导和我两人在街上溜达，看到典型风格的欧洲建筑，便停下来欣赏一番，跟着上路。巴塞罗那的特色是人民住在城市中，并不像其他地方的人老远跑来办完工又回去。市中心不只是办公室和商店，还有许多住宅。

走得累了，想选一处歇足，但又不肯将就，一定要找个有特色的。要求一高，又走了五六条街才发现了一个露天的小海鲜档。互望后，微笑点头坐下。

海鲜档摆满令人垂涎的鱼虾及贝类，价钱非常便宜。我们商量一番后，决定了几品。先叫两杯生啤酒，等待菜烧好了上桌。

坐在街头，看过路的行人，天气凉爽，偶尔有一阵不热的阳光照来。我们打开刚才在其他店铺买的熏鱼片，以及一种和台湾乌鱼子一模一样的鱼春，细嚼下酒。

主菜来了，是一盘清蒸的小龙虾，一碟用大蒜爆香的小八爪鱼，另一碗大蛤蜊，铺上青葱辣椒，又来两瓶干口白酒。

路过的情侣，投以羡慕的眼光，我们做一个要不要试试看的手势，两人回顾一笑走远。前面的那群老太婆，翘起拇指表示看来好吃，我们用白纸巾包了胖肥的蛤蜊送上。老太太比情侣们大胆，张开嘴吃了一口，其他的祖母们都望着她头，她做“好吃，好吃”的表情后，谢谢一声离开。

不知不觉已经吃得满桌子是残壳。酒醉饭饱，摸着肚子不想动。

“我们是不是有点暴露狂？在这里吃给人家看。”美术指导说。

“人嘛，”我讲：“多多少少都有点表演欲的。”

他点点头，望向远方：“只要品位高，暴露些也不伤大雅。”

我也点点头，望向远方。

住

我们大队人马来到巴塞罗那拍电影。

住是一个问题。

我跑遍了全市的房地产经纪行，看了许多旅馆和楼宇。

酒店无论如何是不合算盘的，它们到底是短期的居所。每天换床单毛巾，本钱已昂贵，还谈不到地皮的升值和屋子的旧烂，连东南亚的小地方，旅馆租钱长期间计算，总是一个天文数字。

你们尽可以租一两栋楼呀！大家会这么简单地想，但每个地方的租赁情形不同，在西班牙，楼宇是以一年单位计算，租一年，而只住几个月，打起预算来和住酒店差不了多少。

唯一的办法是租公寓，巴塞罗那有几十家公寓，一房一厅一厨房一厕所，按月计，最适合我们的条件。

但是便宜的太远，或是环境很杂，地点适中的又太贵。看了很多地方后，终于决定下了目前住的这一间。

它的名叫亚拉贡公寓，因为位置于亚拉贡街，离市中心有十五分钟的汽车路程，步行两三分钟，又有地铁站，交通方便。

附近洗衣店，超级市场和各类店铺齐全，其他商行我还不熟悉，邮政局亦只是步行距离，酒吧周围有七八家。

西班牙离不了酒吧，每隔一两条街就有一间，比香港的士多铺还厉害。

租公寓，条件可不少，除一个月按金外，还要自付电费，水是包在房租内，但清洁，毛巾床单等则另计。总共平均一个单位月租三千块钱港币，每单位可住三个人，这种价钱，在东南亚也难找到。

问题跟着来是煮食，小厨房中虽有两个电炉，但总不适合中国人的大吵大闹烧菜方式。

终于，在公寓的对面租到一间侧座的店铺，主人要现金，按月算也答应，很便宜，只要一千块港币。我们把它改装成厨房饭厅和道具间。

大致弄停妥后，便到附近去买碗碟等餐具，现在这个地区的西班牙人，已经传遍说有一班中国佬，要来开菜馆。

住下

到马德里公干，找到一个画家朋友。当晚，他带我到他家里去。

广场是西班牙的特色，以前的人都喜欢把高楼大厦组在一起，做成个长方形，中间是一个大广场。通常这种楼宇多数变为政府的文书机关或是商业办公室，但是在马德里，它们是私人住宅，我的朋友就在此住了下来。

典型西班牙公寓，一开门永远是条走廊和衣帽间，不像东方和美国式，进去后便是客厅。朋友的房子有两房一厅，厨房可摆饭桌，布置得很幽雅。

最令我兴奋的是由落地窗望出去，可以看到广场中的种种活动，有队爵士乐团，另外一群人在跳法明哥舞，传来阵阵的剧烈吉他声和鼓掌声。

“现在已经是半夜两点了，还那么热闹！”我感叹。

朋友答道："西班牙人很爱夜生活，马德里最厉害，每个人都不想睡觉。以前佛朗哥管得严，现在的文人政府一开放了，大家变本加厉地醉生梦死，什么事都不想干。"

"我听人家说佛朗哥时代，每个人都有工作做，现在的失业率那么高，把西班牙整个国家都弄穷了。"我说。

他点点头："但是，这是个过渡时期，等到大家肚子一饿，便会觉醒而找饭吃。"

"拥护佛朗哥的人还是很多，他们说至少以前在边境上没有巴斯克的反政府游击队存在，在城市里的恐怖活动行为也不发生，你认为如何？"我问。

"话是那么说，但是佛朗哥时代照样发生过恐怖活动事件，只是报纸不登，新闻封锁。你们不知道罢了。"他叹气地说。

"你为什么选这种屋住？"我追根究底。

"画家不能离开群众。"他说："我住在这里，每天晚上可以看到不同的表演和庆祝，对我的灵感是一个很大的刺激。接触人民，感觉敏锐得多。我知道他们为什么要哭，为什么要笑。对我，天天是星期日，何乐而不为呢？"

我真的想学他在这里住下！

礼物

西班牙街上，每隔数间商店，必有一个小酒吧。他们的生活习惯是下午两点到五点这段时间休息，所有商店都关门，一切静止，只有小酒吧，永远开着。

酒吧的陈设，基本上都一样。一条长柜，壁上摆着各式各样的酒瓶。客人上酒吧，并不一定是去喝酒的。酒吧为男男女女，老老幼幼的平民服务，等于香港的茶楼、南洋的咖啡店。

这里面有个磨咖啡豆机，酒吧主人一按钮，沙沙沙，磨出新鲜的咖啡粉入铁匙后，便将它按在另一个大型的机器上，以蒸汽压缩出极浓厚的咖啡。客人随意地要求在咖啡杯里加上鲜奶，或者是白兰地、威士忌和伏特加。

母亲抱着她的婴儿，走进来一口喝掉那杯咖啡后，又默然地走出去。一群幼童放学后，各要一瓶可乐，等待长大后可以像他们的父母一样喝酒，是常见的现象。

玻璃长柜里有各种下酒菜：鲜白菇、咸鱼、猪油渣、蒜头沙律、肉丸子，数之不尽，每天的菜色都不同。

墙内一角挂满形形色色的火腿和香肠，生切来吃，或是在炉上烤一烤，夹上面包，是大众的早、中、晚三餐。

音响设备少见，入口处有个电动吃角子老虎机，它会间中自动地发出一段世界名曲的电子音乐，提醒客人去玩它。

经营酒吧的多数是寂寞的老人，他们领到一笔退休金后便在住家的邻近开间小店。有老伴的话，她帮忙洗洗杯碟。只剩下他一个人时，酒瓶便是他的妻子。

偶尔，也见一对年轻夫妻当酒吧主人，问他们为什么要开酒吧，答案是不想在大机构当零件，也无须要看上司的脸色。

天天为我们服务的酒吧，有时闭门三个星期，储够钱，度假去了。

我的愿望是：一天，我自己有这么一间酒吧。我的愿望是：送这么一间酒吧给我在世界上各角落的一群“一肚子不合时宜”的朋友当礼物。

西班牙ABC

在巴塞罗那这六个月，工作上没有什么成绩，可喜的是至少了解一点表面上的风土人情，和学会了讲几句加德里腔的西班牙话。

心中有个愿望，在我晚年，要写一个以巴塞罗那为背景的小说，怕到时细节遗忘，先记点流水账做以后要寻找的资料，也唯有请各位听听一些无关紧要的事。

以英文字母为目录：

All night。通宵这个词西班牙人最喜欢。每逢星期五、六两晚，大家都要玩到天亮才肯休息。迪士科开到清晨五六点的地方不少，如果嫌吵，可到通宵营业的酒吧。在夏天，酒吧里都挤满了客人，他们钻了进去，买一杯酒，又在人堆中把自己挖出来，站在街上也可以站一夜，就是不愿意看到家里的床。和每个大城市一样，这里也有个山顶，夜总会去完后到山上去看日出。动物园的旁边有档小食摊，卖的东西很像中国的油条，虽然没有豆浆，咖啡和茶都很香浓，总之去的地方应有尽有，不喜睡觉。

Brothels，妓院。记得一位名导演常喜欢说他在日本嫖妓的故事：识途老马的摄影师西本正先生带他乘了两个小时的的士，抵达目的地一看，说："Ah，so desuka，关了！"

从此，我不介绍妓院。这一行，东一家，西一户，今天有，明日无；常是在关闭后才有人把它的好处和地址告诉你。

最佳办法是看报纸的广告栏，虽然你看不懂西班牙文，但是可找一个英文的"接触"的词：contact，便有许多地址和电话号码。去过的同事告诉我，有预想不到的收获。是好是坏，他倒不肯定。

红色天鹅绒的墙壁，白色镶金边的古董沙发，十几个穿着手工刺绣内衣的美女在等待，鸨母是个极端风趣的中年妇人，她的天方夜谭，令手下的姑娘逊色。常客在大厅饮入口的法国白兰地，他们不用翻阅色情杂志来引起性欲，因为，在他们眼前的就是一本活生生的画册。

CHINESE RESTAURANTS，中国餐厅。伦敦、纽约的铺子，有的比香港的小店味道佳；巴塞罗那的中国餐厅，只是好过在印度吃的。全西班牙用同一张菜单，预留一些空白给老板们自己填上店名，"乜乜"汤、"物物"沙律。

叫了一碗鱼翅，捞了老半天，只捞获几小条炸鱼皮，最妙的是把白菜也加进去滚汤，与其叫鱼翅，不如称为白菜糊糊。

猪头、猪脚在西班牙极便宜，那里的中国菜铺常拿去卤了放进我们的便当，味道不错，不过一经喉咙有阵痛痒，那是猪头猪脚上的硬毛刺出来的感觉。面吃不到，全是意大利粉代替，发得不够时间，像咬粗树胶圈，带去的公仔面，餐厅的小老板向我们讨了一包，也说："好吃得差点连碗也吞下去。"

一天，跑进他们的厨房去看他们做叉烧。天！一块块的白猪肉，烫熟后往红染料里一扔。我说叉烧、叉烧，要烧才行。大师父瞪了我一眼："是吗？"

LA MESSE DE LA TRUFFE à RICHERENCHES
LA MESSE DE LA TRUFFE à RICHERENCHES

GRAND MA NENI
TOKAJI ASZ
BUDAPEST·GOURMAND

發記

印象

这个民族是热情而乐天的，他们很爱节日，无端端地找个理由来庆祝一下，那么他们便能玩个通宵。

太阳是他们标榜的口号，这个在欧洲最南部的国家，的确有他们得天独厚的一面，也令他们和其他南方领土一样，比北方人懒。

在冬天，太阳并不温暖，大家休息的时候坐在屋外晒，阳光给高楼大厦遮住的时候，他们把椅子往照到的地方移。遮一点，移一点，绝不多一英寸。

风景是美丽的，建筑物大多有悠久的历史。人民住在市区里，没有尽是商业楼宇的现象，在银行麇集的街，能找到蔬菜和猪牛肉档，因为楼下是商店，二三楼以上便是住宅了，窗口陈设着盆栽，所以不像其他都市的中心那么硬邦邦的，没有私人的味道。

现在的政府是社会主义，有点左倾，但是西班牙不会变成共产国家，他们的人民太爱自由，又太过懒惰。佛朗哥的铁腕政策时代中，虽然把人民管得死死的，但是也尽量放他们的假，让他们睡一个足，玩一个够。

目前的政府是由知识分子组成，世界上没有多少国家由文人执政，多是不读书，或是读了书后来变了质的独裁者。人民对政府不满的是他们的效率慢，又要减少他们的假期。另一方面，他们为政府修正了离婚法律而高兴。

读书人嘛，什么都想通一点。政府又批准了堕胎。抽大麻也没罪，贩卖才要关起来。反对党一直抓着这一点来抨击，但是政府说，酒精的害处比抽大麻厉害，你们为什么没有人反对喝酒。

到西班牙一住下来会上瘾。主要的并不是地方，而是人。慢慢地，你会发现他们的生活方式并没有什么不对。短短人生，反正要过，就过得舒服一点。渐渐地，你在晒太阳的时候，阴影移动一英寸，你也会将椅子移动一英寸。多移一英寸不是不用那么麻烦吗？但是移来干什么？万一不出太阳又怎么办？

温暖

从来不喜欢吃水果，榴梿除外。

这次在西班牙小镇，同事买了几个橘子，一定要我试试，我摇头说太酸了。他坚持一点都不酸，拼命地塞到我嘴里。吃了一瓣，果然，如蜜糖一样甜。那天又特别冷，甘汁冰凉，咽下后精神一振，决定多买几个来吃。

跑到市场，阳光下，小贩摊子的彩色帐幕，特别鲜艳，所卖的各种水果和蔬菜，美得令人垂涎。

选中了一个老太婆开的那一档，挑了几个大大小小的橘子交给她。

老太婆说："你到底要几公斤？"

我对公斤没有概念，随便伸出两个指头，说："二！"

她把一个两公斤的秤铁放在水平量器的一边，再将橘子摆在另一边。

秤铁那边马上升了上来，橘子较重，老太婆伸手到塑胶袋里抽出一个大橘子来。

咦，水平动也不动。

我说："买三公斤好了。"

那老太婆摇头："两公斤就两公斤。"

她又拿出另一个，秤还是不动。她喃喃自语，有点觉得烦了："我的妈，这个秤有毛病！"

说完她把那两个大橘子扔回塑胶袋："卖你！算两公斤！"

她那语气，实在豪爽得可爱。我准备问明价钱后多给她一点做补贴："多少钱？"

"四十个柏西达！"她喊道。

我一心算，天，哪可能这么便宜，只是两块钱港币。

正想掏腰包时，身旁又出现一个枯瘦的老妇，大声以西班牙语骂那小贩。我听不懂，但知道她的意思是在说老太婆敲外国人的竹杠。

老妇骂完后大力拉着我的手，要我到另一家去买，不要上当。我站在那里啼笑皆非。摇头说算了，算了。但是她死都不依，还在拼命拉我。小贩被骂得惭愧不堪，急忙多选两个大橘塞入塑胶袋，老妇才满意地放开我。一场趣剧圆满结束，心里感到无限温暖。

宝藏

南斯拉夫是个山明水秀的地方。自然环境保护得很好。城市虽跟不上西欧的繁荣和现代化，但干干净净，看不到真正的穷人，除了有几个衣着褴褛的吉卜赛人之外。

公路建设也很发达，绝不逊西班牙等自由国家。

沿着路行车，看到一大平原一大平原的田园，或种五谷，或植果树。耕耘的人都用拖拉机。听说，农夫比城市人更富有，因为上餐厅已不便宜。

比起东南亚的几个都市，我住的札尔克列还是落后，人民虽丰衣足食，但也没有什么地方可以花钱。最大的财富，算是有间屋子和一辆汽车。

虽说此地实行共产主义，但看不到迹象。到处能听到美国最流行的歌曲。

要找它的缺点，那一天一夜也谈不完。既来之则安之，何必自寻烦恼?

我到每一个地方，必先发掘它的好处。南斯拉夫，是个大宝藏。

启程

到欧洲的飞机，通常在晚上起飞。我这次乘德航，也不例外。

夜航有个好处，那就是可以一直睡觉，抵达时已是白天。在时差方面，人体会感到适应不来。前一个晚上最好强迫自己不睡觉。看电视、读书、聊天，或者仔细地收拾行李。总之，别制造休息的机会，上了飞机，不管环境是多么恶劣，都可以闭上眼睛。

好在这次航程没有想象中的拥挤，旁边座位空着，我已经感到很满足。

机舱后面的空位给几个彪形大汉的鬼佬坐满，横着睡四人份。有些客人羡慕地看，心中叫骂，又不敢出声。

这些空位一定要厚着脸皮去抢夺。空中小姐请你等到可松安全带时才换位，已太迟。乘其他人坐定后就要马上霸占，被人横眼也不管。不与人争的话，那就心平气和地坐稳，在狭小的环境下制造自己的天地，别忘记，即使在空中，亦是一个弱肉强食的世界。

途中

从香港到南斯拉夫，飞行时间加起来一共才十四个小时，不算远。

第一站停德里，路途和去东京差不多，四个多钟头，为什么大家都不去印度玩玩呢？那泰姬陵是世界奇观之一，不看多可惜。

为保家全，乘客不能下飞机舒脚，等了一小时再飞法兰克福。这一程是八个钟头，在那里换机才能抵达南斯拉夫的扎格勒布。

德航的食物中规中矩，吃得饱。我自己带了些零食，一路下酒，喝完睡，睡完喝，很快便到达。

空中小姐的轮廓，线条坚硬，是典型的德意志民族脸孔，服务相当亲切，几个表情严肃者之中间，有一名比较调皮捣蛋，常来叽叽喳喳地问长问短。

准时，着地平稳，是德航的最佳印象。

到了法兰克福机场，当然要尝试这里最出名的香肠啦。侍者打趣道："德国香肠叫维也纳，你在奥地利叫香肠时，才说来一客法兰克福！"

主义

从法兰克福只要一个半小时的飞机，便抵达南斯拉夫的第二城市扎格勒布。

上次来的时候是冬天，一切都那么灰暗，整个都市死气沉沉，现在咖啡室已经搬到街上，人们成群结队在露天喝由杏子制造的伏特加酒，衣服穿得花花绿绿，已经是下午八九点，天还不黑。

不少好莱坞电影以此地为背景，《屋顶上的提琴手》、《苏菲亚的选择》等皆是。绿油油的树叶下，扎格勒布的人民懒洋洋地徘徊，说什么都不像是个共产国家。

南斯拉夫比英国还要大，但人口只有两千二百万人。

问来接我的剧务："两千二百万中，有多少个是共产党员？"

他回答："一百多万吧，我也不清楚。"

"你呢？"

花啦

行李放下，谈完公事，已到吃晚饭的时间。我约束自己每天要学五个生字，问剧务："谢谢怎么讲？"

"花啦。"他回答。

这倒很容易记。我说要多学几个单字，他当然把本地粗口一个个列出。

学了男生殖器、女生殖器和他妈的之后，我说："够了，我要骂的人不多。"

相信他亦有家庭照顾，我告诉他："你可以先回去，晚饭我自己搞掂，最后要学一句是：我也要。"

"耶，依士度。"他说："耶，是我；依士度，也要的意思。"

他走后，我散步到一间大众化的餐厅，看客人吃的菜，知道滋味一定地道。坐定之前，拉着侍者，指其他客人吃的汤、蔬菜和肉，说："耶，依士度，耶，依士度。"

过一阵子，又便宜又丰富的一餐摆满桌子，我吃完后向侍者喊道：“花啦！”

溪畔小屋

要找一个荒野的山洞，迷失了路，经过丛林小溪，见三五个人在建屋。

同事把车停了，上前搭讪，他们友善地欢迎，好像工作太过单调，巴不得有人前来聊天。

在南斯拉夫，只要有钱，便可以选中一个地方，向政府申请，批准后就得自行建起房子来。

这一家人已经工作了半年，还只筑好地基，据同事说他们星期天才来，约了亲戚朋友一砖一石堆积。只有一个是聘请来的，就是那筑梁的老头，已有七八十岁了。大家忙着倒酒给他。

一个人字形的木架，倒在地上起好再用滑轮拉到顶上，老头抽着烟斗，不慌不忙，仔细衡量。

主人喜欢这里，是因为屋前那条流水，屋子背着山，这是他一生的愿望。

由溪中，他用玻璃杯盛了水给我喝，一入口，甘甜，胜于市面所售矿泉水，连酒都不想喝了。

南水

南斯拉夫水源取之不竭，用之不尽，而且是清澈冰凉甘甜的。

没有冰箱的人要吃水果，总把水龙头打开，让泉水冲之半小时才进食，像已雪冻。与其他要贴“节省用水”广告之国家比较，真有天壤之别。

说浪费水，比起他们晚上洗街，微不足道。从来没有看过一个那么爱干净的地方，他们派出几十辆水车，每条大街小巷都用水龙头喷冲。人行道上，另有一辆小型水车打理，不像花都巴黎那样，到处都看到狗屎。

可以这么做是件好事，但是我的酒店房间靠街，三更半夜一定给洗街声吵醒，不过住久了也惯了，不去理会。

英国导演卡路·烈拍《第三个男人》的时候，首创把石板街道浇湿，利用光与影来营造气氛，非常成功。从此，每个摄影师都照抄不误，不管是什么戏，拍到夜景的街道一定要叫人喷水。需要时没话说，拍无关紧要的镜头就太浪费人力和金钱。这种摄影师最好罚他一生只在南斯拉夫拍电影。

南女

南斯拉夫女人多早熟。

路过初中学校，十二三岁的不戴胸罩，已发育完整，学着大人抽烟。

高中生十五六，等于我们的二十多岁少女，是最好看的时候。

打扮得花枝招展，像职业女性的通常是大学生。她们不说，绝对会被误认为欢场中的女人。

化妆品公司、美容院的生意特别好，都市的南斯拉夫女人很注意外表，少有清秀和淳朴的感觉。

没有什么交际场所，少舞厅酒吧和夜总会，男女干脆早点结婚。不过，对生儿女的事已能做到限定为一两个。

在沙滩上的无上装浴女之中，有一个样子像历尽沧桑、身体凋残的女人走过来打招呼，原来她是同事的妹妹。大家一起喝茶，问长问短之后，她惊奇我的年龄和我的外貌不相称。问她多少岁，她拿出身份证，二十一。

南木

这里的树木真多，我们拍戏时，南斯拉夫工作人员到处乱砍，这种事情要是发生在其他地方，一定会被送上法庭。

起初来到，发现古老建筑物都有一扇窗开在墙脚，不明白为什么。既不透阳光，也不疏通空气。后来见一辆锯木车，有个引擎，带动车轮各处走，停下后就把引擎用来拉锯，像个巨型缝纫车，把木头切成一节节之后，便由那扇墙脚的窗子扔入屋子的地下室去。

各国都在电气化的时候，南斯拉夫人仍到处砍树，不用煤气或石油，煮食取暖，还是烧柴。

“你们不知道什么叫做保护自然吗？”我问。

“自然受到破坏时才用保护，我们只是在促进新陈代谢。”他们回答。

习惯

南斯拉夫人的工作时间和东南亚的相差很远。他们习惯早上七点钟上班，下午三点收工。

早起对我来讲是件好事，不过到了工作欲望最高峰的三点，一切停止，就要人老命。好在我们的职业并不规定八小时，还可叫人办事，但其他机构不开工，甚影响进度。

他们在早上十点喝点咖啡吃几片面包，便不再进食，四点回到家才吃个饱，晚饭完毕是十一点左右，倒头就睡。

年轻人多喜当夜鬼，虽然翌日最迟六点钟起床，还是玩到一两点才肯回家，大概他们在下午四点和六点之间假寐一会儿。

一般来说，他们的生活仍然相当的刻板、单调，没有多少消费和娱乐场所。

较我们好的是，一到夏天，大家往海滩或山上跑，一休息便是两个月，有些工厂干脆全间停顿。

留在城市过暑假像是一桩丑事，大声呼喊："明年一定去海边，明年一定去海边。"

教堂·天堂

歌德式的教堂到处可见。欧洲的教堂和中国庙宇不一样，因为教会势力和君王相等，你要建一皇宫，我便筑一教堂，大家比赛看谁的好看。

我们去的这一间极有特色。

首先入眼的是无数的木雕，抽象者极多，每一座皆具个性。

原来，南斯拉夫一年拨出不少钱来资助艺术，这只是一小部分。每年，他们赞助世界各地的名雕塑家前来这教堂聚集，让他们完成心目中的形象。要多少材料，要多少时间都行，唯一条件，是将木雕留下，将这教堂的花园变成一个露天的美术院。

教堂以酿酒出名，又能制造全国最好的香肠，艺术家们不愁吃喝，住在寺院里清心寡欲，完成一生中最好的作品。对一个创作者，这是梦寐以求的天堂。

南斯拉夫全国有六个这一类的地方，有的是石刻，有的是绘画或其他艺术，在自由国家中，我从未见过。这概念新得厉害。

互摸

南斯拉夫人喜欢互相抚摸和拥抱，一见面便揽腰。

有的更离谱，初次相逢，谈了几句之后，男的便拉开她的衣领，看看这女人的胸部大不大。她也不在乎，吃吃地笑。

看在我们这些世俗人的眼中，好像没有什么礼义廉耻，但是他们抒发于自然，就不觉猥亵。如果加上一点小动作，如互相翻开长毛，抓抓蚤子，更像两只猩猩。

东方人绝对讨厌他们这种摸摸捏捏的行为。我刚来的时候，他们一要摸我我就即刻避开。南斯拉夫人的自尊心即刻被损，问我说："你不喜欢我吗？你不喜欢我吗？"

"没有所谓喜欢不喜欢。"我说："我们没有摸来摸去的习惯罢了。"

"但是，那是表示对你有好感。"他说。

"我知道，谢谢你。"我回答。

“那摸摸有什么要紧。”他问。

“要是你是女的，我当然欢迎。”我说。

同事大笑，说我讲得对。

宠坏

南斯拉夫电影工作人的技术水准很高，又肯吃苦，长时间劳动不成问题，不像西班牙人要午睡，英国人要喝四点钟的下午茶。

吃饭只放一小时，时间很准，从不迟到早退，要是抢太阳，不休息也行，空下来啃啃三文治，任劳任怨埋头苦干。

制作过程很有组织，先头部队在小径前插上标志，司机事前都有地图指示，绝没有迷失方向的事发生。他们能够做到这个地步是因为和美国人合作惯了，学到他们的专业精神，也知道每一分钟都是金钱，从不失时。

坏在美国人每一次来都带了主要人才，他们只当助手，所以要在这里找独当一面的领袖，却是难事。

更糟糕的是美国佬把他们宠得工资很高，一切以美金计算，加上他们社会福利，贵得惊人。南斯拉夫电影的入场券只需五毛美金，制作成本增加，他们自己的电影业几乎灭亡，训练出来的人才，也只有让别人去养来用了。

不回家

读南斯拉夫历史，知公元前已给罗马人侵占，后来又是匈奴又是土耳其又是纳粹党，自己独立的时间少，有一个时期君主死去没有后裔，还由奥地利派一个贵族来当泊来皇帝，你说差不差劲！

铁托是他们真正的人民国王，他连苏联老大哥都不大买账，至今人民还是对他十分爱戴，到处挂着他的照片。

当今政府民主自由，简直不像有共产主义存在，但是在工业投资方面做了不少失败的事，官僚作风也很强，所以欠下很多的外债，羊毛出在羊身上，人民给通货膨胀弄得很头痛，故怀念有铁托那段经济安稳的日子。

铁托把南斯拉夫搞得好，是因为地广，而人口当时只有两千二百万。中国羡慕他们的现代化，要走他们的路线，但不知有没有想到自己有个十亿人口的大包袱！不过南斯拉夫人也有我不知情的困难，不然怎么大家都想往外国去当女佣、做侍者、挨苦力赚钱而不想回老家呢？

小贩

在南斯拉夫，很少看到小贩。

充其量，有几个小摊子在卖烤玉米和煮玉米，还有几个人在擦鞋子，这些，都是吉卜赛人经营的。

所谓的小贩，都是现代化的，用塑胶压成一个个的小箱子，有一间冲凉房那么大，由汽车搬移到各处的街头，从其他商店接了电，一插，便能万事齐全地贩卖报纸、杂志、香烟和各种日常用品。

酒吧也可用同样方式经营，大家围在小箱子的外面，喝了一杯就上路。

这种塑胶小箱在欧洲已大量生产，日本也渐普遍流行。它们的确是经济、方便、干净，小贩们也不会受风沙之苦。

东南亚什么时候会变成小箱小贩呢？总有一天吧。但是，到那个时候来到，一切都是那么美，那么整齐，东西大概就不好吃了。我们一面希望小贩们有更好的日子，又一面想他们不变，真矛盾。

寂寞

欧洲人租房或购屋，多是一住下来就不搬走的，南斯拉夫也不例外。

我们为了要找间空屋当厨房，可绞尽脑汁。先是去房屋介绍所，他们回答说我们酒店的附近没有人要招租。

这里是住宅区，难道一间空房也没有？大概介绍所不肯努力吧？便在报纸上登了一则征求广告。

零零星星的电话来了，要出租的地方离酒店十几分钟，我们拍完戏回来已疲倦得要命，还想走那么远去吃饭？

报纸不行，电台播音征求也没有结果。

我一急，拉了南斯拉夫剧务到附近去问，这里的大厦没有管理员，得一间间上去敲门，发现住的多是老太公老太婆，每家人都得谈上十五分钟。

“既然不出租，还叽里咕噜地说那么久干什么？”我问剧务。

他回答："年纪大了，生活没有变化，他们好歹抓到一个机会，当然多谈几句啰！"

请庙来

不能在旅馆房间煮食或烧开水；

酒店厨房拒绝让我们借用；

附近找不到屋子租来当餐厅；这一带的食堂晚上十点钟就关门。

怎么办？怎么解决我们起码的吃饭问题呢？

人数少的话，怎么都挨得过；为期暂短的话，再辛苦一点也不要紧。我们一共有二十几个工作人员，加上其他国家和香港的演员就是一大群；一住要住上三个月以上。戏的大部拍摄要分日夜两组，收工的时间异常，我们的情绪，在别人眼光来看，是疯子，不是普通人，怎么办？怎么办？

南斯拉夫同事也甚为此头痛，他们说要是他们去外国，遇此情形，工作人员必定造反。

大队抵达之日期一天天地逼近，必须即刻解决。

有了。我们租了一辆五脏俱全的拖拉旅行车，将它泊在旅馆面前，成为我们的厨房和餐厅。

不能去进香，就把庙请来吧。

开镜

开镜时供烧猪、祭神、祭自己肚子，已成为电影圈中的习惯，不做，反而不安心。对武术指导和武师们，这是一项极重要的典礼，我们这次在南斯拉夫，也依例地举行。

第一天开工，地点是一个天主教堂。有那么巧是那么巧，上次在西班牙，也是在教堂中拍首日戏，要拜也不是，不拜也不是，结果乘主教们不在草草了事。这次这个教堂可真通气，神父答应让我们拍之后，干脆闭上眼睛不来现场，我们也自律，没有胡来，按部就班地安静做好准备工作，在拍第一个镜头之前，开始祭神。

烧猪是南斯拉夫人常吃的，很容易便找到了一头。香可是问题，大小商店都不出售，好歹在一个嬉皮士家里找到，他是用来在抽大麻时遮掩那股异味烧的，是印度檀香枝，名贵得很。

教堂在小山岗上，风景极美。天上，好像看到两位不同肌肤的神明，在指手画脚聊天，用慈祥的眼光照顾和保佑着我们。

也好

拍这场时装表演的戏，用两百个临时演员，一连四天。

男的西装领带，女的晚礼服，似模似样，大家安静地走进来，由副导演记下名、分好组，有条不紊，扮演记者的自备相机，牌子还是名贵的。

吃饭只是分派三文治，茶和咖啡任饮，他们也不离开现场，听话得很。

其中真有好几个美女，中国工作人员到底保守，眼光光地看着不敢上前搭讪，反而她们大方地利用休息时间，对东方事物问长问短。

天气炎热，拍戏的大厅又无冷气设备，他们并不埋怨，只拉拉衣服，用南斯拉夫话轻喊道：热呀！热呀。

我们的工作人员说："香港那里可以找到那么多那么好的洋人当咖喱啡？"

“别忘记，在这里要找中国人可难了。”我回答。

他们还是赞不绝口：“这里的咖喱啡实在太好了。”

“当然好。”我说，“价钱也好。”

看病

晚上，一位同事喝得太多，醉到不省人事，第二天他说屁股很痛，大概是归途中摔倒了。我们以为没事，他痛得越来越厉害，简直直流冷汗。

带他到医院，由一位女骨科专家检验，她以标准英语问长问短，又很仔细地每处抚按，问道：“这里痛不痛？”

同事光着屁股给她看，检查结果，的确是摔坏了尾龙骨。

南斯拉夫人都有健康保险，看病不要钱，但是外国人就得自掏腰包。日本也是一样，伤风打针也需被敲一笔。

“你要付支票还是现款？”女医生问我。

“现款吧。”我说：“多少钱？”

说起来难以令人置信，一个骨科专家看了一个多小时的病，只要求我们付一块多美金，合起来还不到十块港币。

又问要不要照 X 光，她回答：“就算发现是裂了也不能开刀，不如当它没事，过几天自然会好。”

银行

成龙的经理人陈自强来自马来西亚，我出生于新加坡，两人在香港混饭吃已经多年，人们称之“新马仔”。

陈自强陪老板到南斯拉夫，偷空到维也纳玩两天，岂知飞机遇浓雾，被迫由扎尔克列降落在首都贝尔格莱德，他随遇而安，雇了一辆的士到处游览。司机会说英语，兼而当向导，为人幽默。

经过一座宏伟的大厦，陈自强指着：“那是什么？”

“我们的国家银行。”司机回答。

“其他地方的银行多数开到三点，你们这里呢？”

“我们这家银行开二十四小时。”司机自豪地说。

“星期天也不休息？”陈自强惊奇地追问。

“圣诞节也照样经营。从来不关门。”

“有这种事？”

“有。因为银行里从来没有钱。”

三年

第一次到南斯拉夫，看到的女人都奇丑无比，同事安慰我说：“也许美的少在街上走，电视的节目主持人或歌星，总差不到哪里去！”

回到酒店，两人第一件事就打开电视机，天哪，天哪，都难看得厉害！

和这里的工作人员熟了，就不客气地说：“南斯拉夫难道没有美丽的女人吗？”

很显然地损到他们的自尊心，他们淡然地回答：“美丽女人？有，不过全给我们藏在家里。”

听他们这么一说，又好生后悔刚才的无礼。他们反而安慰：“再过一阵子，你便会发现也有不少好的。”

果然，路上青春气息浓厚的少女越来越多，皆不穿胸罩，比东方女人大胆得多，其中五官端正，惹人欢喜的占多数，也有一两个特别美。

只好取笑自己："当兵三年呐，当兵三年！"

治蠢秘方

南斯拉夫人有的很聪明，有的很蠢，但是他们有个共同点，那就是做事很负责，便显得可爱。

其中有个剧务摇摇头："唉，我真是蠢得交关，怎么勤劳也没有用，总是做得不够好，不能出人头地，南斯拉夫人有一句话，那就是病有药医，蠢无药治。"

"我们也有相同的话呀，"我说："不过，我们有个治蠢的秘方，是几千年传下来的。"

"真的？你教教我！"

"好吧，那就是把七条蜈蚣和七只蟑螂，其中各三只是处女，放入药锅中，再加三碗酱油，熬他成七分，每日二服，连喝七七四十九天，所有的蠢病都能治好。"

"你骗人，天下哪里有这种事。"他听完很严肃地抗议。

"当然没有啦，不过你不相信，已显得你不蠢！"

他听了很高兴，做人又有了希望。

了解

已经好几个通宵，香港的年轻的工作人员乘放假，一定要到老远的海边去，他们目的并不在游泳，而是去看无上装女郎。

这里虽说是共产国家，性观念很开放，一拍即合的现象普遍。女人认为对上天赐给的一副美丽的胴体，何必遮掩。要是等到老了，想展示也没有用。

同事们拿了相机，在沙滩上大拍特拍。有的女人当然介意，不过多数只是把头转过另一边，不会骂人；有的越拍她们越摆姿势，还嬉笑说："走近一点，走近一点。"

我就没有此种冲动，一到休息日，写写稿，整理一下房间，读读书，一天很容易便那么悠悠闲闲地过去。

到底是不是因为年纪大了？说好听点，是进入另一个较为安详的阶段。

曾经也赶过路去海边看光着身体的女郎，也曾经看过比我老的人在摇头微笑，当时他感叹我的傻劲，我也未曾明白；现在我何必去提醒比我年轻的人，他们必然不会了解。

逃掉

快要回去了，中国工作人员对当地的女朋友依依不舍。

其中一位同事交了一个护士，住在离城三个小时车程左右，每逢星期天，就叫他到她家去，呼吸新鲜空气，吃刚挤出来的牛乳，这个同事又钓鱼又打兔子，乐不思蜀。

另外一个爱上有夫之妇，两个男人谈判，她丈夫说：“把老婆还给我！”

结果讲好再用一星期，两人握手。这世界什么怪事都有。

最妙的是和女学生谈恋爱的那一个。

女孩子很纯，很想和他生个 baby：“要是金头发，黑眼睛，那多可爱！”

同事吓得要死，即刻和她分手。

第二天，我遇到她和南斯拉夫男朋友在一起，哈哈大笑。

我问南斯拉夫剧务说：“她说些什么？”

剧务回答："她说，要换中国男朋友最容易，只要告诉他们要替他们生儿子，他们马上逃掉。"

苦恋

渐渐地，中国工作人员开始和当地的女郎谈恋爱了，这是每次到外国出外景时必然发生的事。

其中一名喜欢上一个十七岁的少女，她有两颗大的蓝眼睛，脸型稍瘦，胸部挺突，腰细、腿长，处处发出青春的气息。

起初，他们只是拖拖手，吃饭、喝茶。不知在哪一个晚上，她留在他的房间过了一夜。

看到他们一起吃早餐，四眼互望，甜甜地微笑，真羡煞人。

本来只是星期六睡在这同事房里，后来一礼拜来三四次。

她哭了，哭得很伤心。

为什么呢？我没有做错什么事，同事说。

原来，她的南斯拉夫朋友骂她，说她和中国人睡觉，是要拿他们的钱。言下之意，骂她是妓女。

同事很温柔地把她抱住，并且用嘴吸掉她的眼泪。

从此，她干脆搬到他的房间，每天和他相守，再也不回家了。

注意到这同事对他的工作有缓慢的情形。他受不了我那责备的眼光，向我诉苦：“我也不能每晚都做爱呀！我们在一起本来很好，但是她单身来住，什么都不带，我去拍戏的时候，她留在房里没事做，就翻我所有的东西，穿我带来的衣服，我三番五次地劝她，她也不听。早上工人来打扫房间，看她还在酣睡，便不来整理，我的房子现在乱七八糟，简直是一间狗屋，蔡先生，我要她走，又说不出口，你看，有什么办法可以解决？”

为了不要影响工作的进展，我很不愿意做的事也要干了，向他讲了几句，他点点头。

第二天，我看到他的时候，他沮丧地告诉我：

“蔡先生，我照你的话做，当面把钱交给她，她哭了，冒着雨走掉。”

这办法果然行得通，但是同事很难过，那南斯拉夫少女更是痛苦，我自己也很后悔，决定以后再也不做这种伤天害理的事。

芝士

又有一名同事向我诉苦：

“人人都交到南斯拉夫女朋友，我也有一个，但是，你看看，她多难看！”

他指着身旁那个女的，年纪很轻。谁说十七八岁无丑女了？还是有例外的。

“好过叫鸡。”我说。

“那倒是的，不过，带她出去，见不得人，大家都笑我。”他显得沮丧，又像有点精神过敏，非医他不可。

“不错呀！”

“是吗？”他有了希望，但又怀疑地望着我：“你不过骗我高兴罢了。”

“人家父母替你养了十六七年，供你享受，还嫌些什么？”

“这和美丑有什么关系？”他抗议：“你说不错。好，好在哪里，可讲给我听听！”

我一下子愣住，但还是强词夺理。

“你没有看到她的眼睛，一只是黄色，一只是绿色的吗？”

他仔细端详，果然如此，惊叹道：“咦，为什么我以前没注意到？”

“因为你蠢，不懂得欣赏。”

这时，刚好是夕阳无限好。

“还有她的毛，你看，她手上的毛多么漂亮！”反光下，她臂上的金毛，一根根地闪亮，煞是好看。

“唔，唔。”同事说完，用手轻抚，女友向他甜蜜地笑，我心中暗惊，的确是难看到极点。

同事看到我的表情，即刻出击：“连你也顶不顺了是吗？”

“的确是顶不顺。”我转弯抹角：“看她手上的毛那么长，做起爱来一定很厉害！”

这句话讲到他心上，他点点头：“这倒是真的。”

“那不是好吗？还嫌些什么？”

“床上功夫是好，但是，她身上有股味道，叫她去洗澡，她不太肯。”

“别忘记这是西餐呀。”我说：“芝士用水冲干净，还是芝士吗？”

无邪

干我们这一行的好处，是到了一个地方，并不走马看花，不但要将每个名胜看得清清楚楚，就连当地人少去的美景，也要逐个仔细研究。

离开公路，车子转入一条幽深的小径，两旁尽是高树，我们来到柳叶垂入水中的河畔，流水清澈见底，炎日下，看见光着身的十三四岁女孩和比她小的男童。

他们互相把水泼到对方，阳光反射，加上蝉声大作，比名画更美。

继续寻找拍摄地点，路已到了尽头，把车子转回，又经过刚才的小溪。女孩子春心已动，男童无知，她以手轻抚他的身体，教导他成人，用嘴吸噬着他。男童全身颤抖，闭上眼睛。人间竟有如此妙事！

南斯拉夫同事打开车窗，准备向他们取笑。我阻止着他。

车子再往前开走，我们当时也不希望别人来吵。

我们都年轻过。

小

从我们住的南雅兰（South Yerra）这一区，步行两分钟就可以到车站。

付八块钱港币，就可以搭火车或地下铁进城，第一站停在Richmond，是越南区，可以在超级市场中买到各式各样的中国蔬菜。但现在澳洲是夏天，菜很老，不好吃，瓜类较佳。水果便宜，西瓜一公斤五六毛澳币，合三块港币。

越南城中最佳去处当然是“勇记”的牛肉河粉了。次之是中国式的饮茶，反而是越南菜并不正宗，至今试过几家，没有一间够水准。

超市中香港星马泰的东西应有尽有，当然比在原产地买贵了一点。值得老怀欣慰的是看到罐头的暴暴茶和锡纸包装的暴暴饭焦。

再乘一站，便可抵达市内的Flinder St.。若乘地铁，多一站可到大丸百货公司。

墨尔本的唐人街就在市中心，不像日本，要从东京到横滨那么远。

名店街集中在Collins St.，有法国意大利名牌，比香港贵，而且选择是少得可怜的。

这里的朋友说："我们住了那么多年，你说的地方，有些我们还没去过，你是怎么去发掘的？"

我这个人生性好奇，工作完毕，就到处去钻，乘巴士、电车、地下铁、走路，摸清整个都市为止。

但是有些大都市是永远发掘不完的，像巴黎、像纽约，就算住上十年八年，也只是认识一角。

东京算是好认的。香港也不难，但是真正了解香港，也需十年八年。

"你需要多少时间去熟悉墨尔本？"朋友问我。

"一个星期。"我说。

"怎么那么快？"朋友问。

"小嘛。"我说。

植物公园

在我们住的周围，有许多公园，公寓的街尾叫达铃公园，街头是杜洛公园。再走远，有个叫 Fritzroy 的公园，本地华人将名字翻译成“费事来公园”，我就费事去了。

最佳享受是到墨尔本的植物公园，也在我们家附近，坐车五分钟就到，步行的话，需二十分钟左右。一进植物公园，就听到嘎嘎的叫声，吵闹得很，以为是乌鸦啼叫，抬头一看，原来是树上挂满蝙蝠。

这是大白天呀，蝙蝠是晚上觅食的，不知道它们在叫些什么？ 是不是大发白日梦呢？

数十棵大树上都挂着蝙蝠，至少几千只吧。嗅到一阵异味，记得在吉隆坡也有这个味道，是蝙蝠的排泄物发出的。

那么多蝙蝠，抬头望，最好不要张开嘴，否则秽物掉入口中，可不是闹着玩的。

再走远，已没有难闻的味道，可见一个很大的湖，这里没有白天鹅，只有黑色的，是不是会变白？像丑小鸭变天鹅的故事呢？我不知道。

黑天鹅群中也掺杂了很多白色的鸟类，仔细看才知道是海鸥，它们海水犯湖水地跑到这里来和天鹅抢食，实在太贪心了。

天鹅游过的湖底，可以看到一条、两条、数百条的河鳗，巨大无比，每一条都可称上是鳝皇，运到香港，可赚钱赚到老。

湖底好像是另一个世界，除了鳗鱼，还有很多鳖，这些大水鱼也是老饕喜欢的。还有淡水龙虾、青口贝等等，数之不清，实在是一个大宝藏。

草地上，一家大小铺着一张被，提了菜篮，拿出一瓶红酒，大家野餐起来，走过时瞄了一下他们的食物，做得样子精致，但是花样不多。下次来植物公园，一定要学他们在草地上进食，做个十八道的盆菜，羡慕死澳洲人。

花

在这里住的另外一个乐趣，是插花。

最喜爱的是向日葵，婴儿脸那么大，叶亦粗，干强壮。

为了向日葵，买一个三英尺高的玻璃花瓶，六英寸宽，三英寸长的长方形，底部放许多粒玻璃珠子垫着，插了六英尺的向日葵十二枝，可耐一个星期以上。每位同事走进房，都会哗的一声叫出，蔚为壮观。

玻璃花瓶有个好处，能见养花的水是否清澈，浊了即换。

向日葵不香，她太阳刚，所以要以有香味的花卉来调和。

再买个小号的玻璃瓶来插香花。现在澳洲已是深秋，天寒发香味的花不多。玫瑰是香的，郁金香也好闻，但皆嫌太普遍，白兰的香味又太浓，我常买的是风信子。

风信子有蓝色、黄色和粉红色，它的干很脆，易折，通常是种在盆中一盆盆卖，但澳洲人习惯将它剪了，更不堪插，太可怜了。

菊花种类很多，很大朵，色彩缤纷，有些也略带香味，澳洲人母亲节时送菊花，但我不爱菊花，认为不祥。

清明节赶不及回去扫墓，便买了七八十枝菊花插上，焚一炉香，从此再不买菊花了。

有香味的还有叫 Mandarin Lily 的中国百合，花大如木梭，盛开后鲜血一般的红，样子大方，但味道嫌俗。

心爱的是水仙，澳洲人叫为 Jonquil，他们说不属水仙科。明明是水仙嘛，不知谁对谁错。水仙香味清雅高贵，呈金黄色。娇小玲珑，衬上壮大的向日葵，是个完美的组合。

色调

公寓的基本色调是米色，衬个褐色沙发，白色桌椅，普通得很，但也调和。

写稿至清晨，金黄光线射入，整间房更显着朝气，扫净一切倦意，又投入工作。

破除单调，最好是插花。

对日本的人工气味浓厚的所谓插花艺术，我并不欣赏。

插花，重于自然。我甚至放弃了色彩缤纷的瓷器花瓶，用透明的玻璃，这么一来，可以看到养花的水是否清净，对花也有一份尊重。

家中花瓶渐多，最爱的只有三个，大型的长方形玻璃，用来插向日葵。同形状，但只有三分之一大的，最适宜水仙。至于最后的那个圆形玻璃花樽，是玫瑰专用的。

这里的水仙全部黄色，不像香港的带白。向日葵也是黄色，加上黄色的玫瑰，即使顺手往花瓶一插，杂乱无章，但也因颜色统一，看起来优雅大方。

如果这间公寓的墙是浅蓝色，则应该用紫罗兰、蓝色爱丽丝和蓝色的风信子来陈设了。

向日葵没有味道，但胜于雄赳赳，很有正气。我爱发香的花，水仙香味时浓时淡，为发香花朵的皇后。玫瑰则是黄色品种的最香，而且清淡，不像红玫瑰，香得太甜。

爱丽丝巨大，但不香，其蓝甚深，并有层次，是蓝色系统中最好看的一种花。罗兰蓝得发紫，只有幽香，几乎闻不到，蓝色的风信子味道浓，刚好中和之。

红色比较难于配合，虽然红花种类极多，但发香者少。可以配以高贵的红牡丹和邪恶的浅红罂粟花，再加红玫瑰。

白色以南洋大朵的胡姬为首选，配以身份低微的白野菊，再加白玫瑰。

但任何色调，如何插法，皆比不上原野上一望无际的菜花，躺在她的怀抱，不羡神仙。

盆栽

来了墨尔本已久，前后买过几个盆栽，家中有点生气，是件好事。

印象最深的有三：一、学名叫 Cardenia Radicans 的白花，香港也曾见过，中文名是什么忘记了。这盆植物长年绿色，春夏秋冬皆开花，花有香味。本来一开就是两朵，但我这一盆大概营养不良，或患厌食症，瘦得不得了，花一开，也只有一朵。

有了这盆白花，房内不停地保持一阵香味，再不用喷香精，我最讨厌香精了，它模仿花香，但永远学不像，俗得作呕，而且气味最多维持五分钟，骗骗人算了。

除了厨房中有另一盆白花，我又摆一盆在洗手间内，闻了身心舒畅。

二、洋辣椒，买进时已有二十几颗不同颜色的果实：紫的、绿的、黄的，皆朝天，但比泰国辣椒大数倍。当辣椒变成血红色时，表示已经成熟，可以摘用了。烧菜时，需要用，便拆下一粒。很奇怪的，用完一颗之后又长出一颗，好像永远吃不完。

天气越来越冷，此盆辣椒终于支持不住，叶子开始枯干。最后用剪刀把辣椒都剪下来，洗干净后装入瓶内，加醋和糖，制成泡菜。

三、捕蝇草，英文叫 Venus Fly Trap 的，没叶没花，但很有趣。此盆栽只有茶杯那么小，里面长满像一颗颗裂开的黄豆壳，两旁有牙齿。用根牙签弄它一弄，即合紧。此盆栽需水量极少，但属于青苔科，泥土保持湿度的状态最佳。

见它天天没有东西吃，现在天冷了又没有苍蝇，可怜得很，偶尔有小蛾飞入房，想杀它喂捕蝇草，但又于心不忍。最后把吃剩的一小片梅林牌午餐肉给它吃，它也乖乖地合口，数日之后又打开，午餐肉已消失。

的士

载我们到机场的的士司机，是个印度人。

“哪一家印度餐厅最好？”我问。

“不知道。”他摇摇头：“我从来不去餐厅吃饭。太贵了，都是自己煮，我是来念大学的。半工半读，驾的士帮补。”

“澳洲的的士是怎么样的一个制度？”

“澳洲的士有全世界最先进的系统。”他指着收费表旁边的一个长方形液晶器：“我们每一辆的士都有卫星导航，的士公司知道我们的位置。客人打电话给公司，公司就派最接近的那辆车去接，非常公平。”

“和的士公司怎么分？”

“一人一半。”他说：“但是车子和油钱都是公司给的。”

“要考的士牌照难吗？”

“当然要经过严格的路试，更要考对街道的熟悉程度。澳洲每样东西都有一个准则。依照去做，这次考不到，下次再来，有心的话，总有一天成功。”

“比起印度呢？”

“差个十万八千里。”他说：“我们那里，劳动人民还是被欺压的。”

“我小的时候看过一部叫《两亩地》的印度片，记得拉人力车也是黑幕重重。”

“是呀。”他说：“人力车现象到今天还是存在。我很幸福，能来到这里，在公平的社会中赚点钱上学。印度！唉，别谈它了，还是那么落后。”

“到底是个文明古国呀。”我说：“这里只有两百年历史。”

“文明古国有什么用？”他叹气：“希腊、埃及不也都是文明古国？一直倚老卖老推销古迹，能赚几个钱？政府对人民好吗？与其活在那些贪污落后的文明古国，我还是选公平竞争的新国，历史浅，不是罪名。”

烟灰盅

我们住的这间小公寓，一切齐全，就差在只有一个烟灰盅。

到百货公司去买，看到的都是很粗糙的玻璃产品。勉强弄一个的话，今后一看就讨厌，生活情趣将受影响，就此罢手。

通常一些泥制的都不错，很有原始味道，但澳洲土著有大地这个巨型烟灰盅，没有心情去做一个小的，卖土产的地方见不到。

走进一家陶瓷铺，只见很华丽的大烟灰盅，近于俗气，摇摇头又走出来。

到维多利亚市场后面的杂货摊子，那么多家，竟然也找不到一个合心意的。

专家卖吸烟用具的铺子应该有吧，是些钢制品。对不锈钢反感，连以此制成的刀子也不喜欢，怎么会去买它来用?

急起来，在厨房中找到了包食物的锡纸，自己做个来用。凹凹凸凸的，反而悦目，不过爱干净，它不能洗，用一次扔一次，做了一个又一个，实在太过麻烦。

有了，敲烟灰，为什么一定用盅？用碟子不行吗？便将茶杯、碗碟拿来，弄得喝茶吃饭时觉得怪怪的，不知会不会把黏在杯碟上的东西也一齐吃进肚子？

通宵赶稿，抽大量的烟，碗碟杯子太小了，干脆拿了一个煮公仔面的小锅来当烟灰碟。天亮时，见香烟遗体，半锅之多。

友人宴客，到唐人街的餐厅，有一道白灼青边鲍的菜。侍者把大鲍鱼放在机器上切成数十块薄片，再用个家庭打边炉器具，就在桌边灼起来，一片片分给我们吃。

对此种吃法兴趣不大，但大喜，叫侍者把那两个大鲍鱼壳打包，拿回家大力洗擦干净，变成两个精美的大烟灰盅，再到菜市场买几打生蚝回来和大家吃。吃完壳子收回去，变成小烟灰盅，现在房内大大小小数十个，朕满足也。

国家画廊

墨尔本市中心的国家画廊，用灰色的火山岩石堆积，大门是个半圆玻璃拱门，像中国的城墙，里面淌着流水。

与文明古国的皇宫式的博物馆，当然不能比较，若只在东南亚国家中，算能占一席罢。

永久展出的有些近代名家如毕加索、蒙地坚尼两三幅，其他是二流艺术家的作品。

有一部分是描述这两百多年来的澳洲历史的绘画和家私等，但毕竟不多。

黑人土著有数十幅的点点画。土著很费神地将各种颜色的点，组织成美丽的构图。在街上有时也遇到几位无名的土著画家，作品都是这些点点，褐色的点代表自己，白色的点是白人，象征白人将他们包围云云。

数月换一次的展出有美国的摄影，由针孔技法到数码照片，都是些与历史共存的作品，虽说很值得看，但是其实买一本印刷的摄影集，也同一个道理。

印度展中，收集了帝皇的造像及他们收藏的众多佛像石雕。女神的胸部都很丰满，男佛的肚腩很大，非常生活化，反映艺术家的幻想，和对自己身体的写实。

金银珠宝则看不到，可能是留在印度，或者早已在殖民地年代，被大不列颠帝国掠空。

逛博物院画廊，纪念品小卖店必游，如果留下深刻印象的作品，可买些明信片或书籍，回家后慢慢欣赏。

终于给我找到一个喜欢的烟灰盅。是丹麦的 Ame Jacobsen 的 Cylinda-Line 系列中之一件。一个像香烟罐的钢铁制品，上面有个半圆形的斗，把小把手一转，烟蒂便掉入罐中。

名著复制品也值得收藏的，好过买次等货，但在台北故宫博物院小卖店看到一个商朝铜鼎，复制成盛冰块的塑胶容器，就觉得太俗，太过分了。

女人

墨尔本的女人，占比率，较男人多。

凡是女人多过男人的地方，她们都不会无理取闹。女人一少，花样百出，香港就是一个例子。女人一多，男人日子过得好一点，韩国就是一个例子。

当然，这里也是平凡的女子居多，但美人也有一百人中出一个吧，已不算少了。不像日本，走几十条街，还看不见一个美女。

青春气息，熏人而来，有些样子虽然普通的少女，胸前伟大，就算气候凉得令人发抖，她们还是坚持穿了很少的衣服。

有些白领，戴眼镜，短头发，穿衬衫西装，包得密实、但臀部耸高，翘着屁股走路，虽然什么都看不见，闷骚得要命。

为我们找演员的公司，带上来的，演技不错，又会打，有几个还当过动作片的女主角，可惜不够美。其他行业，不漂亮不要紧，但是拍电影女主角不美，是致命伤。

随便在街上拉一两个美女来拍戏，又怕她们生硬，要花时间栽培，也是不能允许的。

妮高·洁曼也是澳洲人，不可能找不到一个又美又能演戏，还要会打斗的女子吧。但是演员总要磨炼，妮高起初并不那么漂亮，到了好莱坞浸几年才养成一点气质出来。

如果不是为了拍戏，最好看的女人应该是那些在劳动的。这里许多粗糙的工作，如建筑地盘、货车司机、农场助手，都有女人在做。曾经看过一个搬运女工，手臂并不粗壮，但几大箱东西抬着走。她的胸部、臀部自然地发出诱人的力量。可能是我们东方人见得少，特别为之吸引。

和她交谈，她说："我们这里，任何工作，女人都能参与。多少年来，都是这样。美国女子拼命争取妇权和男女平等，我们看起来，觉得好笑！"

赌场

澳洲这个政府，不违背现代人的思想，赌场可以公开正式营业，但每个州只准一家，不至于搞得七国那么乱。

墨尔本的叫“皇冠”，只有两层，不算大，赌客很斯文，荷官们也不似澳门那般，争着要小费那么讨厌。

除了番摊和大小之外，其他赌法和澳门相同。为吸引赌客，每四天抽奖一次，拉吃角子老虎的人，有机会赢到一辆全新的汽车。不是大赚哪付得起此等宣传费？

二楼有个贵宾厅，玩 Black Jack 一手最少是一百块澳币，合六百元港币左右。最大的是五万澳币一注。倾家荡产，是很容易的事。

客人输钱，得益当然是赌场啰。所以，当你走进去之前，有一个架子，摆着各式各样的宣传册子，其中有一本是：“输了钱怎么办？我们有专门的心理学家帮助你。”

为了赌博，一个人变成消沉、沮丧、失去人与人之间的沟通，造成家庭的破裂，工作上不进取。

由赌场派的心理专家为客人做免费的辅导，一切保密，你只要打一个电话，医生即刻接见你，请你放心。

这真是很大的讽刺，也是第一次看到的怪现象，其他地方的赌场睬你都傻。

赌场里有个巨大的自助餐厅，约八十块港币，就能吃到鱼虾、咖喱、点心、炒面等，大受中国人欢迎。

来这里的赌客也有四成是华人，中华民族给澳洲人的印象是辛勤节俭，但嗜赌如命。我们坐上的士，还没有说要去哪里之前，司机已问：“是不是去赌场？”

是的，我也去赌场，走了一圈就出来，廉价自助餐吃了像降低人格，连这个便宜也不肯捡。

离婚费

遇到一位老友，离过几次婚，已是专家。他说：“法国离婚最麻烦。不管是不是双方同意，一搞就搞了半年以上，律师寄单子来，一看，四万多港币。”

“日本就容易。”我说。

“是呀。”他同意，他应该比我清楚，他也在日本离过婚。

“不过，”他说：“日本什么东西都贵，即使简单的离婚手续，也不便宜的。”

“依你的经验，”我问：“什么地方离婚又快又便宜？”

“快当然是美国的里诺啰，不过不是很正式，有些国家不承认那边的离婚证明书。”他说：“最快最省，应该是澳洲。”

“这话怎么说？”

朋友娓娓道来：“在澳洲离婚，先到家庭裁判署申请。他们会给你一份又长又厚的表格，给你填写。”

"那么多的文件，不是人人会处理的。"

"你听我说完。家庭裁判署会开一个免费的讲座，教你如何填写，听说他们还要出一盒离婚指南录影带呢。"

"之后呢？"

"因为申请的不少，这份表格呈上去后需要两个月，才初步批准。"友人说。

"什么叫初步初步？"

"初步批准后，表格挂在墙上，另发通知书。大家有什么异议或者改变主意，可以在一个月之内提出。过了三十天，双方没有动静的话，政府便发出正式离婚证明，当然是寄到两个不同的地址去。这一切都不必经过律师的剥削，可自行处理，所有手续费印花费，加起来是一千五百块港币，真是价廉物美，你要不要来试试看？"

大吉大利，我把他赶了出去。

Vegemite

到菜市场，见杂货铺中有维芝麦（Vegemite）卖，就弄瓶回家吃。

澳洲人最喜欢吃维芝麦了，简直是他们的国宝。

维芝麦到底是什么东西？首先，它的瓶子成大肚形，上面有个铁盖，像英国制的牛汁精保露芙。吃起来，味道也一样，苦苦涩涩的，只是维芝麦用植物做，没有肉类成分。

澳洲人爱用它来搽面包或饼干。家长吃了逼小孩子吃，小孩长大后又逼他们的小孩吃，全国人民就那么吃将起来，如果你敢在澳洲佬面前讲维芝麦的坏话，哼哼，小心挨揍。

生产维芝麦的是澳洲的卡夫公司，它是出芝士闻名的，产品销到大不列颠前殖民地的每一个角落，相信诸位也试过。

维芝麦的盒子上虽然写着原料是用酵母、盐和植物粉制成，但它有它的秘方，像可口可乐一样，绝不向外公布，我们来澳洲拍戏，就要找个有代表性的地方拍，要求当地工作人员为我们安排去看维芝麦厂，但被对方拒绝，说做芝士的地方可以拍，不可拍维芝麦。

这倒很可惜，不然写一场戏，让成龙和歹徒在维芝麦厂打斗，搞得大家黑漆漆一塌糊涂，倒是很有趣的。

起初接触维芝麦，便不停地耻笑它，真想不出一个理由会爱上。

在这里生活一久，渐渐地，觉得它的味道并不像初次试那么难吃，尤其是在找不到东西下酒时，用筷子头蘸一蘸维芝麦，放进嘴里，再来一口酒，又轻巧又不填肚，很好嘛。

早上起身，不想吃太饱，挖一茶匙维芝麦，用滚水冲了，便是一碗美味的汤。喝多了，比日本面豉汤味道更佳。

现在维芝麦变成家中必备的食品，谁敢讲它的坏话，就和谁拼命。

滴水

我们的公寓虽小，五脏俱全，本来是一个相当理想的居住环境，但到底不是一个家，失修的地方很多。

其中之一是厨房的水龙头滴水，打在盆中的铁板上，越听越惹人烦。

滴、滴、滴，作了一个堤坝崩溃的水灾梦，半夜惊醒数次。

星期天，一早起身散步，回来后看见一辆写着修理水龙头的车子停在屋外，大喜。

“请你帮我看看。”

水匠摇摇头：“我今天是来修其他房间的，要我帮你，你得向管理员申请排期，我到下个月才有空。”

哇，比夜总会红牌阿姑的生意更好。

水匠带着一个七岁的儿子，一面修理一面指导。小子聪明，一学就会。

我静静地看着，发出微笑。

“乘他放假，教教他。”水匠友善地说：“我平常也不是做这一行的，在银行做出纳。一个星期的礼拜六和星期日两天，帮补家用。你如果真的很急，我下星期为你做。”

向他道谢：“那你的功夫是谁教你的？”

“当然也是我父亲。”水匠笑了：“别小看这两天的工资，比银行的五天赚得更多，但是收入越多，缴的税也相对的多，太勤劳没意思，主要是为了给这孩子上课。”

晚上，游泳，起初凉快，但水渐渐冷，几乎是冰，冻得脸发青，跳起来，原来是没有被盖。连续数晚，都没好睡。唯有改变环境。

拿出厨房中的锅锅铲铲，将每一件都放在水龙头底下试。水滴下来，变成各种不同的声音。越试越过瘾，拿了两个高脚的玻璃杯，让它们紧靠在一起，水滴下来，互撞之下，非常悦耳。

今夜，知道一定睡得好，将做天使合唱的梦。

大倾销

暂居之家，附近有个叫“霸栏（Prahran）”的菜市场，比维多利亚那个小一点，也算是百物齐全的。它只开四、五、六三天，其他时间休息，这三天也只是营业到下午五点罢了。

不知道是澳洲人的生活是太舒服，还是懒，总之卖菜一星期做三天生意，在东南亚各地，是不可想象的悠闲。

到星期六，卖不出去的话，一连四天，会变坏的东西便等于是垃圾了，所以干脆来个大倾销。

羊排是四斤四十六块多港币，合不到十二块一斤。烧烤起来，够十个人吃。猪尾四块钱两大条，多买一块钱花生，煲个花生猪尾汤，补得流出奶汁。

已经切开，不能再冷冻的鱼，更是便宜到笑。生蚝一打十块钱港币，最先卖光。

有个鱼档，出售刺身，一包包切得精美，还加一团山葵。但是种类很少：只有像金枪鱼肚腩，又不是真正那么肥的部分。Hamachi、鲑鱼和墨斗等，并无赤贝或鼻拔贝，但也已满足，收购了五大盒回来，用在大丸百货买到的刺身酱油点着，和几个工作人员吃将起来，才不到港币一百块。

最低廉的是蔬菜了，本来四块一公斤的卖两块，后来一袋袋地卖。见有中国大芥菜，买了熬海蟹豆腐汤，加一片姜，味极鲜美。

花也便宜，一束一打的玫瑰只要十八块港币，变八块，变三块，卖花的少女笑嘻嘻的，到最后全部送给过路的客人。

一大袋的香蕉，小贩大喊，只卖一块，合港币五块多。苹果、橘、葡萄，都是一块。和我一起去的同事要下手买，我说再忍一忍，果然变成一袋五毛。有个鬼佬八婆争着买，正在打开银包，已被别人抢去。我向她说："拿了货再掏钱呀！"她并不领情，瞪了我一眼。

向日葵

周末下午在菜市场买到大减价的花。

三打玫瑰，是罕见的紫色品种，向公寓主人借了个大花瓶插上。开得很快，近黄昏时已由花蕾盛放至大朵，第二天便凋谢了。

抛入垃圾桶，黛玉见到一定骂我。

倒是另外买的那五朵向日葵最耐久，到今日已是第七天了，还是那么灿烂。前几个晚上眼见已经不行，翌日太阳一照，又像初开，头遂抬了起来。

学到个经验，就是要摆块布或铺张纸在花瓶下面，向日葵开久了会掉出黄色的花粉，起初不知道，还以为是谁把咖喱粉乱撒。

向日葵留下最深的印象，是梵高的画，还有罗兰及马斯托安尼主演的电影。但是人类如何描写，总不及亲眼看到大自然中的向日葵那么骄傲和美丽。

一棵两棵的向日葵并不太好看，壮观的数千上万地，开满一片原野的向日葵。黄昏时与夕阳争艳，绝不逊色。

在印度拍戏时，收工归途中就看到了盛开向日葵的原野，即刻叫司机停下，带了一大群工作人员去向日葵丛中捉迷藏，尖叫狂奔，弄得大家脸都变色，原来是给花粉染黄。

见印度花农，问他说可不可以采，他做手势请便，折了两朵特大的，插在左右耳上。其他人也照办，有的更插在胸口袋中，印度花农大笑痴狂。

昨晚做了一个向日葵的梦，梦见参加化妆舞会，把头发结成冰岛女歌王般的竖着小辫子，染成黄色，脸上再 # # # # 地用眉笔画格子，将自己扮成一朵向日葵。照照镜子，觉得很像，往肚皮一看，就觉得绝对不是向日葵的杆了。

送一百朵玫瑰花，派头也不大。可惜花赠美人的青春已过，不然的话，要送，就送一片向日葵的田。

电车

墨尔本的电车路线之多，是天下第一。

四通八达，最热闹的街上必有电车经过，而车线沿至乡下，不限于市区。

世界各大都市，已在废除电车，为什么只有墨尔本在死守着这件古老的交通工具？

主要是，墨尔本是个文化城。像东京和京都：悉尼是东京，墨尔本是京都，一切都那么悠闲，乘电车慢一点就慢一点，为什么要搞到那么复杂，那么快？

既然有世界上最广大的电车交通网，要淘汰它是不容易的，所以墨尔本市干脆宣布：我们的都市，将永远有电车，一直保留，与人类共存亡。

在墨尔本乘电车，有点三藩市的味道。但较三藩市更佳的，是这里有餐厅服务。客人可在都市博物院前乘餐厅电车，两小时，周游城市一圈，兼吃晚饭看夜景。

一辆餐厅卡车坐满客人，第二辆便出发，墨尔本市的餐厅车厢很多，再来几万人也容纳得下，吃的东西有三四道菜，价钱合理。

除电车，马车也在大道上奔走。纽约的马车，只限在中央公园，但这里可以到处去。

我们就是看中了电车和马车的穿梭，设计一场大追逐，一定很好看，所以选了墨尔本当新戏的背景。

每街大马路的中间皆有电车车轨，所以产生一个古怪的走法，那就是汽车要右转的时候一定要靠左。

汽车右转，别的都市都是先走中央，靠右，再转进去。这里不同，车子先靠左。这有什么好处呢？第一，避开中央走过的电车。第二，车子靠左，来往的汽车不被阻挡。想起来，是件非常合理的事。

墨尔本市的行政都很合理，赌场和妓院都正式合法公开营业，就是一个合理的例子。

女警

我们在墨尔本街道拍戏，一定有两个警察来维持交通秩序，他们很勤劳，也有礼貌，但是价钱不便宜，四十块澳币一个钟头，等于两百二十多港币了。

今天派来的是一个女警，相貌普通，人也不算高大。她见到了我，请我绕道，我听话。后来当地工作人员告诉她说，我是这部片子的监制，她相当尴尬。我说你只是做你分内的工作，一视同仁，是应该的。她听后一直点头谢我。两个人谈了起来，我问她为什么当警察？她说："队伍中太多男人了，而罪犯并不全是男的，女的也不少，由我们女警去接触和指导，比较男的好。"

"薪水好吗？"

她笑着："当百万富翁是不可能的，但是每年有九个星期假期，比女秘书多。"

"要经过什么训练？"

“五个月的射击、搏斗、体操，才能毕业。我那一期二十七个人参加，只剩下十二个当得上警察，可说是一半成功一半失败吧。”

我指着她腰间那把三八口径的左轮：“有机会用到吗？”

她摇头：“澳洲的罪犯并不像纽约那么猖狂，我当了五年差，还没用过一次枪，我也希望不会用到。我有一个同事向歹徒开了一枪，结果要写百多页报告，烦死他了。真实生活和拍电影不同，警察工作，并不刺激。”

“你能转便服特警吗？”

“五年了。多几个月就可以转刑警，但是在澳洲，制服或私服，都是那么闷。”

“那你还不去做别的工作？”

女警又笑了：“我有自知之明，我长得并不漂亮，警队里男多女少，找个老公的机会较多，不改行了。”

铅弹工厂

在墨尔本的市中心，日本人买了一块地，要建百货公司，但是地皮的中央是间建于一八九〇年的高塔，为历史文物，澳洲人死也不肯拆掉它。

怎么办？日本人干脆造一个圆塔，把它包了起来，公司就造在内层的高楼上，这就是墨尔本的“大丸”百货公司了。

这座老建筑有什么了不起呢？它是维多利亚女皇时代遗留下来最完整的工厂，原本是做散弹枪的铅子弹的。

据说古代有一个伯爵，异邦人来包围他的城堡，他就将熔化的铅倒下来杀灭敌人。他发现熔化的铅倒到地下时凝结成硬块，变成无数的铅珠，碰到地面，跳跃起来。

根据这个理论，铅弹工业家古柏建了这个当年全市最高的塔，请金属工人从塔顶把熔铅倒下，变成碎珠之后在水中硬化。

集中了的铅弹，倒入一个倾斜的木槽中，不够圆的铅块便会镶入木板的裂缝中，只有大小最适中与最圆的铅块溜下来。选这些铅粒做散弹子弹，为最优秀者。

现在，这家铅弹工厂已改为一家餐厅，叫“鬼胶树和小鸵鸟”（The Ghost Gum & Emu）。

特色是吃澳洲土产的小鸵鸟、鳄鱼和袋鼠肉。如果你只想每一样都试一点，那么可以点 Trio of Medallions 这道菜，每种肉一小块。

小鸵鸟肉没有个性，袋鼠也一样，只知是在吃肉，吃什么肉却说不出，总之是肉都是，也不见得特别香。鳄鱼肉介乎鸡和鱼，亦无特有的味道。餐厅的客人认不出，在这三种肉上面用牙签插上一支纸做的小旗，画着小鸵鸟、袋鼠和鳄鱼，客人才认出。

没有试过的话，吃一次总要的，吃完，你才可以决定喜欢不喜欢，不试就摇头，永不求变化，此种人最闷，远之远之。

羊脂液

化妆师傅爱姐来到澳洲，发现对皮肤润滑很有效的，是一种羊脂液。

当地原产。又便宜又好，走过店铺，见有出售，问价钱，才卖十块澳币，等于六十块港币一瓶，大喜。这种货，在香港至少卖五倍的价钱，原来买十瓶是可有九折，那更着数，便联合了服装师和其他女工作人员，一买就是数十瓶，满载而归。

路经一个地摊，卖的同样货，但只是五块钱一瓶，啊，这怎么受得了！想尽方法，一定要退回钱才甘心。

几个女人叽叽喳喳一番，有了。把那数十瓶羊脂液拿回店前，派一个代表把自己的手捏个通红。见到店员，说："你们的产品令我们皮肤过敏，我们要退货！"

老板娘走了出来，显然地，同样是女性，大家互相有点共同点，知道一定是见到更便宜的，所以来换钱。

"我们的产品并没问题。"老板娘说："是你们的皮肤不适合用，本来不许退货的，这样吧，我做个好人，让你们物物交换吧。"

爱姐们无奈，只好再选一件价钱相等的东西，但是并不需要的东西，把羊脂液换了，不够的，再补贴。

又走向卖五块的小贩买回数十瓶羊脂液，拿回家中，发现所花的钱，比退货的还要多出来，大家叹息："偷鸡不着，反蚀一把米。"

听爱姐说这件事之后，我说："这个故事很好，如果我照写，你会觉得很难为情的。"

爱姐说："我们是贪心了一点，你照写好了，做人，有时要觉得难为情，心理才能平衡。"我发现爱姐说得很对。

玩具博物馆

在墨尔本180，Smith Street，Collingwood有一个“玩具博物馆”。地方并不大，三层楼的建筑物中，摆满了古今中外的玩具。

走进去一看，总有一两件是你小时玩过的，让你发掘埋葬了的过去。

从最简单的滴答器，一个拇指般大的半圆形铁皮，画着一只蝉的模样，底部有块钢片。按一下，便发出滴答的声音。按两下，滴答滴答，愈按愈多次，滴答滴答滴答疯狂地叫起来。忽然，钢片断裂，这个玩具就玩完了。

大的有一辆长方形的美军吉普车，草绿色，车头箱印着一颗白色的星，孩子钻进去，用双脚左右地踏着踏板，便能行驶。

其他的如飞碟、铁甲人、火车、洋娃娃等数之不尽。

博物馆后院有家餐厅，供应多种不同的儿童餐，并有一间大厅，供陪太子读书的大人进餐喝酒、谈生意。

院外装很长的铁轨，有辆载儿童的火车，嘟嘟声地一周又一周行走。

这间博物馆的玩具由一个叫 Jeah-Jacques Lale-Demoz 的餐厅老板，将毕生收藏捐了出来，后来又不断地增购，形成现在的规模。

我看过更大更多收藏品的玩具博物馆，在墨尔本的这一家，本来不值一提。

应该赞许的是墨尔本大多数的博物馆，除了观赏，还可以参与。

儿童在玩具博物馆中开生日会，最低人数需八个人，一共一百二十八块澳币，合七百五十多港币，就能在博物馆中看玩具，乘火车，得到氢气气球，吃的东西有香肠卷、意大利粉、水果、冰淇淋、三文治和一辆火车形的大生日蛋糕。如果家长苦苦哀求，博物馆长终会答应，把一件古董玩具拿出来给生日的孩子玩玩，天下最孝顺的人，是父母。

办事

在香港，一个人一天可以做五件事；在澳洲，能办成一件，已是大吉大利。为了解决一个问题，找澳洲人商量，什么时间最好呢？

星期一早上好吗？星期一早上是一个礼拜的开始，最适合不过了。

不不。星期一早上，所有的职员都在谈论他们的周末是怎么过的，大家兴高采烈，没时间和你谈生意。

星期一下午可以吧，不不，星期一下午大家谈周末谈累了，发现又要开始工作，这种冲击太厉害，大家心情都不好，不是解决问题的恰当时间。

星期二早上吧。星期二早上要做星期一没做的事，太忙了。

星期二下午吧。星期二下午是他们的上司才得空，和他们开会，有很多事要交代。

星期三早上吧。星期三一早，大家都正计划周末的节目，没有心情谈公事。

星期三下午吧。星期三下午他们要做星期二没做的事。

星期四早上吧。星期四早上是出粮收钱的日子，大家忙着排队收钱。

星期四下午吧。星期四上午拿了钱，中午吃一顿好的，中饭时多喝几杯红酒，大家心情好得不得了，时间实在不应该浪费在工作上。

星期五早上吧。星期五早上大家一心一意地想着度假的欢乐时间，没空做事。

星期五下午吧。星期五下午的心情愈来愈紧张，一直等待好好地放个假，轻松一下，注意力绝对不集中。

“好了，一个礼拜工作五天，天天都没空，那么乘星期六早上一起吃个早餐，把未解决的事解决一下吧。”我们要求。

“什么？放假还要我开工？”澳洲人说：“去你的。”

悠闲

澳洲人不大会做生意。

繁华街商店的橱窗中，陈设之货品并不诱人，每家差不多。不像东京或香港，引得顾客流口水，多少钱也不够花。

商品的价钱相当划一，每家人定价都一样，省得和顾客讨价还价。可能是租金不贵的关系，有些土产，在机场买和在普通商店买没有不同，所以上飞机前入货，较为方便。

如果要捡便宜，唯有看商店有没有挂大减价的牌子。这种机会不少，因为不会做生意，执笠的店铺极多。

超级市场卖的蔬菜，价钱和菜市场的差不了多少。有许多百货公司和超级市场都上市，要是你买了它们的股票，就有权利享受十个百分点的折扣。你已经是老板之一，当然算便宜一点。

在一般杂货店中，混熟了，买了十块钱零二毛半的东西，店主算你个整数，已是天大的面子。啊，便宜了二毛半，大事一件。

餐厅的小费，不给不要紧，二十块半，给二十一块，侍者欢天喜地。

的士也一样，给个三两毛，司机会说："你是个绅士，Mate。"

Mate，同伴之意。好兄弟之意。大家都 Mate 来 Mate 去。难听死了。

母亲节那天，到花市场去买花，发现价钱和普通日子一样。

这一点澳洲人很可爱，从来不坐地起价。要是香港的话，哼哼！不杀你一颈血才怪。

"在情人节那天，花的价钱也不涨吗？"我问花市的小贩。

"涨来干什么？"他问。

"一定有很多人来买的呀！"

小贩耸耸肩："早点卖完，可以有半天休息，已是金钱买不到的悠闲。"

牺牲

《红番区》的英文版，在澳洲数百家戏院同时上映，成龙的影迷，又增加了许多。

我们这几天在拍马车追逐的戏，封了几条城中心的大道，围上来看的人，愈来愈多。

指挥交通的警察只有几个，其他由我们自己的工作人员控制场面。向看拍戏的人说："请你让开一点。"

他们也乖乖地照办。叫他们收音的时候不要出声，关照他们不要用闪光灯拍照，也一一遵从，有点像《小宝贝》中的羊群。

这么说过分一点。其实是他们很有教养，很合理，绝对不干扰其他人的工作。

封了马路，有个商店的店主拿了一张报告书，指着收入那行，向我们说："这十天下来，我们平均的收入少了三成，你们可以不可以补贴一些？"

我们一看原来也只少了港币五六百，不是大问题，但是这一出钱，没完没了，其他商店跟来，就大镬。

只有强词夺理地说："我们来拍戏，看的人那么热闹，生意增加才对，怎会减少？"

"明……明明是减少了嘛！"他说。

浩然正气地，我们说："一个国家的电影事业就是这么灭亡的。"

"这……这话怎么说？"店主问。

我们滔滔不绝："我们一付钱，你们的要求就愈来愈多，每家人要，戏就拍不成了。那么电影事业也就完蛋了，你愿意做这个千古罪人吗？"

店主忙摇手："不关我事，不关我事。"

"你是第一个向我们要钱的人，还说不关你事？"

店主叹了一口气："为了澳洲电影事业，我做牺牲！"

说完走远，我们顺利完成这场戏。

女强人

香港的女强人，指其职位，并非躯体，而在澳洲常见，是名副其实的身强力壮。

街边一辆大货车停着，跳下一个女人，把货物扛在肩上，轻松地搬运。除手臂较大之外，腰很细，样子姣好，绝对不是猩猩。

在郊外看到一名少女，把绵羊赶上卡车，羊只不肯上去，她急了起来，双手一抱，一只只地扔进车厢里。

我们外景队中也有几名女员工，什么都做。但工作是工作，玩起来相当癫，有个喝醉跳迪士科，摔断了手腕，翌日照样开工。

看着这些女人流着汗水劳作，是香港罕见的，不但新奇，而且充满了青春活力，非常非常之性感。

自认一生之中，所遇美女不少，得到的结论是：佳人大多数个性不佳，自大是当犯的罪，不然便是顾影自怜。有个粗口满天飞，以为豪爽，另外的小里小气，处处往牛角尖钻，受她们不了。

很少能耐看的，美是表皮，日久生厌者居多。

可以在体力上与男人匹敌的女子，从来没听到她们呐喊男女平等，见你在吧柜旁喝酒，走过来拥抱一下，碰杯共食，倒是时常发生的事。

在大丸百货拍戏，认识了一个日籍经理，谈起澳洲女人。他说："我老婆在东京，在这里无聊，交了一个女朋友。"

"做什么的？"我问。

"倒垃圾的。"他说："一个活生生的垃圾婆，在日本是不可想象的。"

"和那么强壮的女人睡觉，你那么斯文，搞不搞得定？"我问他。

他回答："没问题，她一天工作后，已经疲倦得要死，绝对不会要求再来一次。"

忠心

我们聘请的澳洲工作人员，有些找到更长期的电视片集工作，离开了我们。

走之前，大家开香槟欢送他，拍拍他的肩膀，他就那么一溜烟地消失，绝不伤感。反正，这里的香槟只要几十块港币一瓶，我们也不心痛。

澳洲人除了公务员之外，对他们的工作并没有做一生一世的观念，条件一好即刻转工。一个工作做得太久，反而会被同行问："你还在？是不是公司要升你做董事长？"

当公务人员的，是懒人。懒人占澳洲的大多数。学校、水电、银行、汽车注册处、保险公司、邮政局、医院、图书馆、火车电车、倒垃圾等等行业，都是国家经营。但公务员对政府并不忠心。

公务员一看到上司，只要做出一个干得很辛苦的表情，政府便会同情你，留你做下去。办公的时候拼命懒，让人家排队等你，队愈排愈长，表示你很勤劳，就那么简单。

什么事都不做最好。我有一个失业的朋友，他说最喜欢吃日本东西，我问他：“为什么不去大丸百货公司找事情做？可以吃员工的免费日本餐呀！”

“我试过了，大丸付我周薪三百。我拿失业救济金，每个礼拜二百五。差个五十块，就算有日本东西吃，我也不会去做个半死。”朋友回答。

唉，失业救济金每周二百五，一个月便是一千，合六千港币，可真不错。要是我，也不肯去做事。

拿了政府的钱，澳洲人并不感激这个贵人，对国家不感到自豪，你在他们面前骂澳洲，他们也笑嘻嘻地同意。

但是，千万别说：“维芝麦”（Vegemite）的坏话，这又苦又咸的菜浆，是澳洲人唯一尊敬的，只对它忠心。

塔斯马尼亚

到了墨尔本，非去塔斯马尼亚不可。这是一个三十多万人口的小岛，离墨尔本最近，只要五十分钟的飞机。

我们在墨尔本吃的生蚝，大多数是由塔斯马尼亚来的，还有那巨大无比的皇帝蟹，也是这儿的土产。生蚝到处可以吃到，但价钱不比墨尔本便宜，让人家感到老远地跑去塔斯马尼亚干什么？皇帝蟹更只可做出口，这里的名餐厅叫不到这道菜。

澳洲人愈乡下愈保守，塔斯马尼亚不例外，虽然有许多海鲜，但他们都只依传统吃法。加了一点点的咖喱，受了某些印度尼西亚的影响，已感觉是件大事。但是传统的海鲜也有独特的风味，不难吃。

一家叫“醉酒的海军统帅”（Drunken Admiral），将鱼虾蟹煮成一锅，加西洋芫荽，味道令人难忘。

千万别住有赌场的大酒店，又贵又俗气。找些有气派的，如市中心的Lenna，不然离开远一点，Seven Mile Beach也舒服。

塔斯马尼亚的主要城市叫霍巴特（Hobart），以前是个捕鲸鱼的渔港，现在将那一排排的旧仓库改成旅游重点。懒洋洋的下午，在港口散步，非常宁静，是个理想的度假胜地。

令旅客想不到的是这里有间很出名的大学，培育了不少优秀的学生，东南亚的青年也来留学，我在这里遇到一个来自香港的女孩子，她告诉我塔斯马尼亚大学，是个环境最优美、最有学习气氛的学府。

还有一种天下闻名的动物，只在这里有，叫“塔斯马尼亚魔鬼”（Tasmanian Devil）。

这次出澳洲外景，当地工作人员都叫我塔斯马尼亚魔鬼，原来这是一种又像猫又像鼠的动物，温和起来非常可爱，一发怒，露出獠牙，恐怖到极点。

缘起

我们在墨尔本的拍摄，已告一段落，过两天便要移师悉尼了。

临行总要和老友告别，便走到第一天抵达墨尔本，便光顾至今的维多利亚菜市场。

“伤风好了吗？”问卖鸡蛋的老太太。

“谢谢。”她说，“好得多，但这次收尾很长，现在还在咳。”

“我们要走了，你好好照顾自己。”

老太太拿一打大鸡蛋：“送你。”

“不，不，”我说，“会打破的。”

她要送我的是农场鸡蛋，最大的那种，七十五克一颗，要卖三块七毛半，合二十二块半港币，对澳洲人来说，不便宜。

“谁说会打破？”她假装生气，“我的鸡蛋用硬纸皮盒包好的，拿到天边去也打不破。破了我赔钱！”

再拒绝已成不礼貌，我默然收下，握着她伸出来的手。

走了几步，有人把我叫住，是卖芝士的那位快乐的胖女人。

“等一等。”她说，“我在报上看到你们要走了，是不是？”

我点头。

她把一大块生火腿放在机器上，削薄了十五片给我：“我知道你爱吃的。”

塞钱给她，她死都不肯收。

一面吃火腿，一面走向前，在花档停下。

“今天的花，都不香。”卖花少女说，“我记得你尽选的是那些发香味的花。”

“香也不买了。”我说，“拿着花上飞机，人家还以为我是同性恋呢。”

少女笑了：“你会再来吗？”

“我们相信一种叫缘分的事，”我说，“缘起，就会继续下去。”

少女点头：“我喜欢‘缘起’这两个字。”

活镇

搬到乡下拍戏，同事们个个摇头：“是个死镇，死镇！”

我们住的是一个叫 Muswellbrook 的地方。凡事皆有比较，本来是想移师到 Singleton 去的，澳洲工作人员告诉我：“好彩，要是住在 Singleton 的话，更什么都没有！”

到镇上一游，想象不到还有什么地方比这里更差，也随着澳洲工作人员拍心口，叫几声“好彩、好彩”。

离开悉尼开车要四个钟头，单单想起车程，已叫人疲倦，虽说有直通巴士，但比私家车还慢，当然不会去利用它。再在这里住上三个星期，也只好既来之则安之，怨也无济于事。

找个地方吃午餐，听说有唯一一家的意大利餐厅，前往，但中午是不做生意的。

再去过几家，也不行，美国垃圾食物店开着门，但宁愿饿死也不肯走进去。最后，只有到替我们的外景队包伙食的中国餐馆去。

主人姓苏，一看到我即刻大喊：“我在电视上看过你，你是个酒鬼，来，我请！”

随即大瓶红酒奉上，吞了几口。还有清炒菜心和鱼丸汤当餸，不错，清清淡淡的。

老板的女儿前来聊天，原来她在这小镇长大，没有一个人不认识她。需要的情报，由她口中娓娓道来。

“两餐最好吃的在山上，叫 Hillside 的，做得很出色，不比在悉尼吃得差。酿酒厂的饭堂，有许多家庭菜餸，都精彩。我们店里左边那家人卖的肉很新鲜，再过去一点的海鲜店最便宜了。如果要去悉尼，有一班直通火车，又舒畅，又有好吃的餐厅卡车。”

她还告诉我许多生活在这里的窍门：“其他男人去的地方，由我哥哥带你们去吧。”

听后大喜，真是不怎么坏，一个刚刚认为是死镇的死镇，一下子变成活镇。

火车站

我们来拍最后这一场戏的小镇，叫Muswellbrook。居民只有一百多人，香港的一个屋村，已有几万，虽叫它是小镇，但地大无比，有整个新界那么广阔。

主要工业是生产煤，还有养马，另外是酿酒，住在这里的人，九成以上是干这三行。

小镇上商店齐全，又有数家餐厅，中菜两间，但没有电影戏院。

最有特色的是它的火车站。

一座三层楼的古建筑，绕到后面便是车轨和售票处。

火车站站长大概是住在这座楼里面，他在售票处的旁边种了许多热带植物，又养了一只鹦鹉，向乘客说早安。

可能是因为无聊，站长到处设立黑板，用他独特的英文书法写着火车加价原因，还有在星期日全家人利用火车，可以打折扣等等通告。

最大那个黑板，写了“每日名言”，我乘火车到悉尼那天看到的是：“我是一个喜欢帮助别人，又乐于天命的人，但这只限在普通日子，如果当天爆车胎，又另当别论。”

这段东西叫为名言，又不是什么名言，简直可以说不通之至。但他是站长，要写什么？只好由他。

整个车站非常幽静，依英国传统建筑，看来像克里斯蒂的小说中，经常出现的画面。

由这里到悉尼需三小时四十五分钟，火车虽说有餐车，但只是一个熟食档，不能坐下来吃，大煞风景。

乘客都是老人，头等舱一程要三百块港币，算是贵的了，但上六十岁，只需付十分之一。老人家时间多，慢慢地欣赏风景，喝个下午茶，他们都寂寞得很，一看到陌生人便抓住不放，谈个老半天。在澳洲乘火车不怕闷。

洞

我们搬到酒乡猎人谷（Hunter Valley）的小镇，离开悉尼三小时，路不熟或驾得慢，则需四个钟头才能抵达。

临上飞机，想吃一顿饱的，因去友人餐厅试菜，食物不够刺激，没胃口，又厌恶飞机餐，肚子里没什么东西。

本来我一上飞机即刻可以睡的，但这次已服了伤风药丸和咳水，还是整晚睡不着。

来接机的新剧务是个长得又肥又丑的土女，驾车技术差劲，叫她找个地方吃早餐才上路，她带我去家希腊小馆，还不错，需要很高的才华方能把食物弄得那么难吃。

折腾了老半天后到现场，解决一些难题，工作人员在餐车中拿了三明治来，又冷又硬，虽然饿，但说什么也吃不下去。

收工回到小旅馆，房间太冷，又是一夜没睡好，想不到这间小房，虽然简陋，但枕头上还有一张长方形的字，有如贴在僵尸脸上的那道符。

对了，是张叫早餐的传票。

这种酒店服务，很多地方已消失，东京的帝国酒店还有，剩下的便是前殖民地的旅馆，还依照着英国传统。

长纸上印有时间表，六点至六点十五分，每隔十五分钟一项，至八点四十五到九点，项前有个小四方形空格，让客人拿笔一勾。

分大陆早餐和全早餐。大陆早餐是天下最不好吃的早餐，内容相当贫乏，令人想起英国人被希特勒轰炸的那段日子。

还是全早餐好，可选培根、火腿和香肠及三个蛋。再豪华点，叫一分钟牛排、羊扒也可，但价钱贵得多了。

这张纸的上首有个圆洞，点了菜挂在门锁上。研究了老半天，发觉望梅止渴的故事，完全是骗人的。

我的肚子，还像那个洞一般的空。

狼

我们在一山谷和另一山谷之间拍戏，由小旅馆到目的地，需三十分钟车程。

经过的尽是一望无际的平原、山丘和树林，很少路标，即使有个小指示，在早晨，也被浓雾遮住。

这阵雾绝对不是由某处飘来，它贴紧了大地，是从泥土中生长出来，地壳吸收了太阳的热能，与寒冷的空气接触所造成的。

从朦胧之中找寻方向，猎人本性开始发挥：树是分多少种的？一段路上有几个凹进去的地方？哪一处的石头较为巨大？

很快地，已能在没有方向的大地辨别出东南西北。

在筋疲力尽时，大伙之中也有病者。很少有人去看医生，像一只在求生存中受伤的动物，孤独地躲起来，用舌头舔着伤口。

吃饱是最重要的，吃不饱就没有气力，没气力便受大自然淘汰，尽管没有胃口，就算多难吃的东西也得吞下。

在大城市也是一样的，那是另外一个森林。能在任何恶劣环境下适应的，才是勇者。

这群人的目光比凡人尖锐，嗅觉更为灵敏，他们东征西讨。

他们只会打仗，只会狩猎，不知什么叫做潮流，也不懂什么叫做勇退；更不耕田，也不畜牧。

因为这段生涯太过刺激，过着几个人生，苦比人家多，欢笑也相对地增加数倍。

总有一天，忽然，他们老了。

战士最高的境界，是在沙场上阵亡，或是和一只大灰熊搏斗，死于它的爪下。

他们嘲笑着朝九晚五、互相背后插刀的那群羔羊，是多么的阴阳怪气！淌着血，看到的夕阳，和每一天收工时见到的一样，多么灿烂。

云柱

驱车往工作地点，路上一望无际的平原，空中无一片云，天与地连在一起。

转入一弯路，大地开始有起伏，到处是小山坡。

忽然，见丘后有一块云，垂直的，像巨柱地立着。

从来没有看过那么古怪的云，第一个反应，是野火燎原，发出的浓烟。

但是烟为往上升的，此种东西，一动也不动。

真是太神奇了，怎能不看个究竟？将方向盘一转，冲出公路，往斜坡驾去。

以为瞬间即到，但经数十分钟车程，那柱云还是那么遥远。

凹凸不平的原野，令车和人震动颠倒，但非看到根源不可。

渐渐地，迷失方向，回头一望，事物皆空，到此阶段，只有向着云柱走，已无倒回的余地。

再前往，会遇到什么？也许大地开了一个洞，将车子吞没！

愈来愈感到生命在受威胁，回去吧，回去吧。但怎么罢休？

云柱已见全貌，即能分辨个清楚。

太刺激了！就算从此在世间消失，又如何？

数十年的痛苦与快乐，走过世界各个角落，尝试了天下美酒佳肴。这一生，活得数生，已赚足成本。

终于，云柱就在眼前。

但是，距离大地，有一空间。云柱的末端，拖着一条模糊的尾巴。到底，还是一个灰色地带。到底，还是看不出云柱是由地上升起或从天上降下。失望了吗？不，到底来过，到底看过，不知道，就让它不知道吧。

小镇医生

连男主角也患感冒，成龙不肯看医生，要是病了大家要停工，只有把医生带到现场。

“好，”成龙说，“我看，你们也得看！”

结果有十几个工作人员排队，医生逐个检查，开药方，忙得连中饭也没吃。

看完病，我请医生到酒厂的餐厅去吃点东西，顺便与他聊聊天。

“做小镇的医生，有什么感想？”我问。

医生说：“大地方的，工分得很细。这里我一脚踢，突然事件特别多，昨晚才接生了一名婴儿。”我说：“那不是很刺激？”

医生说：“还不是一天过一天？每晚回家看电视，那些什么《仁心仁术》片集，都是骗人的。哪有什么病人和医生整天谈恋爱？我做了那么久医生，从来没发生过！”

“是呀。”我说，“我们做电影监制的，也不碰女明星，她们是商品。”

“对。”医生说，“我也把我的病人当商品，不去碰她们。”

我第一次遇到把病人当商品的医生，刚才才给他看了病，不知道自己值多少钱？

“镇里的人，多数患的是什么病？”

“和你们一样，伤寒感冒的最多，还有气管炎。这里是个煤矿区，工人挖煤，气管多数有问题。”

“气管炎到底医不医得好？”

“老实告诉你吧，”医生说，“医不好的，除非矿工改变职业，不然还是一直咳下去，要他们改行，不是容易的事。”

“你是一个好医生。”我说。他问。“这话怎么讲？”

“你没叫我戒烟。”

“要戒自己会戒，要改行自己也会改行，不必人家多嘴！”医生说完拿了一根烟，我替他点火，两人互望，笑了一笑。

庸

送走了那个乡下医生之后，遇到成龙。

“这医生人不错呀。”我说。

“不错？”成龙叫了出来，“简直是一个笨蛋。”

说完他赶着去拍戏。

在旁边的化妆师傅爱姐笑嘻嘻地走过来，我问她：“刚才医生替成龙看病时你在不在他身边？”爱姐说：“在。”

“发生了怎么一回事儿？”

爱姐娓娓道来：“医生用听筒听成龙的肺，叽里咕噜地说一大堆话，我只听得懂医生讲的是他患了感冒。”

“这我们都知道，叫医生来，就是替他医伤风嘛。”我说。

“可不是？”爱姐说。我问：“后来呢？”

“后来医生又问成龙有没有咳？成龙点头，医生又问有没有痰？成龙点头，医生又问痰是什么颜色的？成龙说是黄色的，但带一点点血丝。”

“血丝？”我也紧张了。

爱姐说：“但是成龙即刻解释，这可能是他流鼻涕的时候，擦鼻子擦得太厉害，擦破了皮的关系。”

“后来呢？”我追问。

“后来医生往成龙的鼻孔一看，大叫出来！说什么 Very Bad，Very Bad，一直要把成龙送进医院。成龙知道自己没事，当然不肯听医生的话喽。”爱姐一口气地说。

“医生在成龙的鼻孔中，到底看到了什么？”

“看到一鼻孔血。”爱姐若无其事地说。

“什么？”我也大叫。

爱姐轻松地说：“刚才拍打戏，是我替他涂的假血浆。”

雷诺士酒厂

想带两瓶红酒回香港，Penfolds 当然是首选，但是我一向不喜欢太过出名，又是理所当然的东西，便专程去雷诺士 Reynolds 酒厂。

它离我们去的地方不远，可是地方相当隐秘，不好找，兜了些冤枉路，看到门口招牌，还要驾个十几英里车才抵达。

的确是山明水秀，不漂亮的地方，是酿不出好酒来的。

酒厂不大，但应有尽有，用的是木桶，不像一般澳洲新酒厂的塑胶或钢铁。

“你为什么会跑到我这里的？”主人尚·雷诺士是位又瘦又矮小的人，亲切地问。“唔，还没来澳洲，已在一本书上读过，雷诺士的酒，比 Penfolds 好。”

雷诺士大乐，带我到处看，解释酿酒过程：“我们地方有一百亩，四十亩可以种葡萄，其他供养牛养马。”

“卖给我吧！”我打趣地说。

“行。”他爽快地回答，“这么大的地方，都卖给你，三百万澳币。”

我心算一下，一对六，等于一千八百万港币，买不到半山区的一家两千英尺公寓，便宜得难以置信。

雷诺士以为我嫌贵：“两百五十万也可以。向银行借，你先付一百万，其他慢慢供。”

只要有六百万港币就能拥有一百亩地和一间出名的酿酒厂。

“为什么卖？”我问。

“别以为有了一百亩地你就会舒舒服服的过日子。”雷诺士说，“你会变成土地的奴隶，你会终生为它服务。”

“那不值得呀！”我说。

雷诺士想了想：“但是只要你服侍得土地舒服，它为你带来的欢乐，是没有人能给你的。我还是不卖了。”

靠海

讲了许多关于澳洲的风土人情，差点忘记提几个基本的认识和数字：

澳洲很大：有七百六十万平方公里，吞下整个欧洲，还有容量包括土耳其和东欧诸国，它差不多和美国一样面积。输给美国，是因为美国把阿拉斯加也吞并了，其实阿拉斯加应该属于加拿大的领土。

横跨澳洲，乘七四七要五个小时，乘火车则需三天三夜。

但是，这是一块大而无当的土地，又干又瘪，四分之一没有水，不能住人，最大的一块沙漠有四十一万平方公里，比英国还大。

它又像给一只超级恐龙的脚踏过，平坦得要命。最高的山，不过是海拔两千二百二十八米，比起八千八百四十四米的喜马拉雅，微不足道。

以面积和人口的比率，澳洲是全世界人口密度最稀薄的国家：它只有一千八百万人，每平方公里只住两个人。

你有兴趣知道其他国家每平方公里住几个人吗？加拿大好不过澳洲多少，每平方公里住三个人，而美国，一跳跳到每平方公里住二十六个人。英国则是二百三十五人，日本每平方公里住三百二十八个人，香港面积只有一千零六十七平方公里，六百多万人口，则是每平方公里住六千人！

天！实在不公平。

我们的印象，以为澳洲人多数是在养牛养羊，或在耕田，那是大错特错。

全澳洲有八成的人口住在十个大城市里面，种田牧羊的老百姓，只占两成。

而澳洲的大城市，像悉尼、墨尔本、布里斯班、达尔文等，都是靠海，人民好像在大声喊叫：“我们太闷了，如果有一艘船把我们救出去，真是谢天谢地！”

数字

尾声加一点数字：

澳洲人就是不做事，每个星期可以向政府领取一百三十块澳币的救济金，等于七百八十块港币，一个月也有三千一百二十港币的收入，绝对饿不死人。

如果做低薪的工作，像在大丸公司做售货员，周薪有三百澳币，扣掉税，剩二百二十，比不做事多出九十块。有人问自己，那么辛苦，只多九十块，值得吗？就不上班。现在英国也是实行这个制度，但是澳洲的失业率比英国低出许多，只维持在十至十五个百分点。证明他们还是勤劳的，自傲的。

在社会做了几年，渐渐向上爬，澳洲人的平均收入是周薪八百，扣税，剩六百三十，等于三千七百八十港币。一个月净赚一万五千一百二十块港币，已是一个很不错的收入。

一个人做了一辈子事，每个月缴税缴养老金，做个四十年，等六十五岁时，平均可领到两百万澳币的退休金，相当于一千二百万港币，放在银行，什么都不做，也能有六千澳币的利息，等于三万三港币一个月。日子会过得安稳。

税率的计算是最低十五个百分点，最高四十八个百分点，只要你一个星期赚一千二百澳币，你就要付到最高的四十八个百分点，差不多只剩下六百多一点。大多数人付的都是最高的税，但是，有赚才有得缴税的呀！这个世界，公平得很。

税务局不肯让人民或机构扣太多的支出，相当计较，这是他们小气的地方，如果能向日本学习，凡是娱乐消费都可以扣税的话，那么那些夜里做生意的机构职员，个个大鱼大肉，也乐得签约。国家另一方面可以养活一群卖饭、卖酒、卖肉的行业。由他们缴税，大家都高兴，何乐而不为？

离别

《一个好人》的拍摄已近尾声，吃中饭时，拿了一大堆服装道具出来卖，这些用过的东西运回香港，费用要比本身价值高出许多。贱价卖给工作人员，大家都得益。

鞋子最畅销。主要演员的鞋、怕拍摄中穿坏，同样的总要买数双，现在用不着，有些是全新的，一下子被抢购一空。

迟来的人买了几双袜子，请成龙签上名，笑嘻嘻地拿回家留个纪念。

较为贵重的电器，像传真机和小型影印机等，在开拍之前，已有工作人员认购，戏一拍完，以半价卖给他们。

澳洲人不浪费，买旧东西，只要实用，他们不在乎。

每一个国家都有他们的民族性，西班牙人乐天、南斯拉夫人深沉、日本人小气、韩国人粗野、澳洲人较为天真朴实。

拍电影的人不像一般游客，这里去个几天，那里一两个礼拜，我们一住都住上几个月，较深入地了解当地人的思想。

澳洲工作人员有工会保障，薪金较一般工作高，这是因为他们拍拍停停，不是每天有工开的缘故，也无可厚非。

薪水是周薪，每星期五出粮，一个星期一个星期算，只要工作一天，也算一个礼拜。

我们最后一个星期，只超出一两天，但大家相处久了，有点人情讲，和他们商量，逐天计好吗？大家交头接耳后，回来报告："马里奥，你人不错，说什么就什么吧。"

平均我们一个礼拜的花费是六百万港币，他们少收四天，加其他的节省，也可少用四百万了。

最后的要求是分开前大家狂欢一番，现在已订好几只全羊，在露天烧烤，各人拿刀子去切来吃，酒是搭成龙关系，由 Penfolds 厂赞助，相信当晚，非醉不可。

一秒钟前

离开之前，休息了一个星期日，同事们都坐四个小时的车到悉尼去玩，整间旅馆只剩下我一个，好好地享受我的孤独。

太阳是那么的美好，夕照下，看到花园中的葡萄架子，已长出幼叶。

葡萄在冬天最难看，它是一条条的枯藤，像巨蟒盘旋，寄生于任何可以高攀的东西，不能靠自己过活。

春天长出的叶子是红色的，像花。花中间有胡椒粒般的小种子。

夏天正如未成年少女，带涩，难以亲近，直到入秋才成熟，一串串的绿色、红色、紫色的果实，美态不逊牡丹。

澳洲种植法依照法国，是钉下一根根铁柱，拉铁线，让葡萄横长出来。南斯拉夫人却喜欢立支高柱，雨伞型地拉着铁线，果实四周向上爬去，收获时用高梯爬到柱上，用剪刀一剪，一条条地割下来。我曾经向酒园主人要了一条，当成围巾绕在颈项上，只吃靠近嘴巴的部分，一面吃一面想起中国难民故事，说有家人要逃难，但带不走行动不便的儿子，便做个大饼，中间一个洞，套在儿子的颈项。无乱平复后，回家一看，儿子饿死了。原来他太懒，只吃靠口边的。

我想，我也会懒死的。

将未复的传真、信件，一齐作答，了一桩心事。开瓶有气的红酒，独酌。我认为年份好的话，犹胜香槟。

心情非常平静，一件工作已完毕，将又是另一个旅程的开始，就这么糊里糊涂的，干了三十多年，得到些什么？也许只是现在这个不后悔的孤独吧。

人生总要过，从前吃饭一桌子十二个人，一坐下来，我最年轻，现在一坐下来，我最老。我告诉那个最年轻的，当我也是最年轻时，已想到有一天我会最老，这好像是一秒钟之前的事。